마왕

9

요도 김남재 신무협 장편소설

ORIENTAL FANTASY STORY & ADVENTURE

dream
books
드림북스

마왕 9

초판 1쇄 인쇄 2017년 3월 10일
초판 1쇄 발행 2017년 3월 20일

지은이 요도 김남재
발행인 오영배
기획 박성인
책임편집 이대용
표지 · 본문 디자인 권지연
일러스트 나래
제작 조하늬

펴낸곳 (주)삼양출판사 · 드림북스
주소 서울시 강북구 도봉로 173
대표 전화 02-980-2112 **팩스** 02-983-0660
편집부 전화 02-980-2116 **팩스** 02-983-8201
블로그 blog.naver.com/dreambookss
출판등록 1999년 3월 11일 제9-00046호

ⓒ 요도 김남재, 2017

ISBN 979-11-283-9032-6 (04810) / 979-11-313-0507-2 (세트)

드림북스는 (주)삼양출판사의 판타지 · 무협 문학 브랜드입니다.

마왕

9

요도 김남재 신무협 장편소설

ORIENTAL FANTASY STORY & ADVENTURE

dream
books
드림북스

목차

1장. 장룡의 결단

— 선물이 어땠는지 모르겠군

부의민은 정말로 죽을 맛이었다.

"헥헥."

대자로 누운 채로 하늘만 올려다보던 그가 거칠게 숨을
내쉬었다.

가까스로 고개를 돌린 부의민의 눈에 들어온 것은 따뜻
한 햇볕 아래에서 늘어지게 낮잠을 자는 환야의 모습이었
다.

방금 전까지만 해도 자신을 괴롭혀 대면서 낄낄 웃어 대
더니 그새 싫증을 느끼고 잠이 든 모양이다.

환야의 상태가 거의 호전되어 가면서 괴로운 건 부의민

이었다.

완벽하게 나은 건 아니라 외부의 활동은 하지 않고, 넘치는 기운은 주체하지 못하니 그 모든 걸 부의민에게 쏟는 듯한 느낌이었다.

하루에 잠을 자는 시간을 제하고는 거의 종일 환야에게 시달리며 부의민은 무공 훈련에 열중이었다.

항상 죽는소리를 하는 부의민, 그렇지만 그런 말과는 다르게 아무리 힘들어도 모든 훈련을 소화해 내는 것 또한 부의민이었다.

자리에 누운 채로 환야를 바라보던 부의민이 작게 중얼거렸다.

"자는 틈에 저걸 확 죽여 말아."

그런 부의민의 중얼거림에 늘어져라 낮잠을 자고 있던 환야가 그대로 눈을 감은 채로 입만 열어 대답했다.

"아직 나 죽이려면 한참은 멀었다."

"어휴!"

부의민이 신경질적으로 바닥에 드러누운 채로 소리를 질렀다. 그런 그에게 환야가 여전히 눈을 감은 상태로 물었다.

"오후 일과는 다 했냐? 내가 봤을 때 아직 다 안 한 것 같은데 말이야. 그렇게 쉴 틈이 있나? 조금 있으면 해 떨어질 것 같은데."

환야의 말에 부의민이 찔끔하는 표정을 지어 보였다.

'계속 자고 있는 것 같더니만 대체 그걸 어떻게 알았데?'

부의민은 구시렁거리면서도 자리에서 일어났다.

환야의 말대로 더 농땡이를 피우다가는 오늘 해야 할 훈련을 마무리 짓기 힘들었으니까.

내일로 미룰 수조차 없을 정도로 막대한 양들의 훈련이 매일매일 쉼 없이 줄지어 서 있는 부의민의 하루였다.

"젠장, 알았다고. 이 귀신같은 자식아."

불만스레 소리치는 부의민의 말을 듣고 환야가 입을 비틀며 히죽 웃었다.

그렇게 다시금 부의민으로서는 지옥의 훈련이 시작된 지 약 이각가량이 지났을 때였다.

장원의 문이 열리며 외출을 했던 혁련휘가 돌아왔다. 혁련휘가 돌아온 사실을 알아차려서인지 자는 듯 누워 있던 환야가 벌떡 일어났다.

그가 혁련휘에게 다가갔다.

"오셨습니까, 대장."

혁련휘가 그런 환야를 슬쩍 바라보며 말했다.

"팔자 좋군."

"어휴, 좋긴요. 찌뿌둥해 죽겠습니다."

몸에 묻은 흙을 털어 내며 말하는 환야를 잠시 위아래로 훑어보던 혁련휘가 이내 중얼거렸다.

"이제 꽤 괜찮아 보이는데."

혁련휘의 말에 환야의 눈에 이채가 돌았다. 그는 당장이라도 문제없다는 듯이 옷소매를 걷어붙이며 말을 받았다.

"그럼요, 쌩쌩하다 못해 힘이 넘칩니다! 그러니 이제 제발 환자 취급은 마시고 저 좀 움직이게 해 주시죠, 대장."

강하게 이야기하는 환야의 모습에 혁련휘가 고개를 끄덕였다.

"그렇게 해."

"그렇지! 슬슬 부의민 괴롭히는 것도 질려 가던 차인데 다행이네요."

부의민 괴롭히기라는 말에 멀리서 검을 휘두르던 당사자가 이를 갈며 잠시 노려보긴 했지만 그뿐이었다.

환야는 전혀 대수롭지 않게 부의민의 시선을 넘기면서 혁련휘에게 물었다.

"그럼 전 뭐부터 시작할까요?"

"원래 네가 하던 비파월 관리부터. 그거부터 시작해서 하나씩 하던 업무 가져가도록 해."

"그러죠, 대장."

크게 고개를 끄덕이는 환야를 향해 혁련휘가 슬쩍 입을 열었다.

"지금 막 비파월에게서 새로운 소식을 전해 듣고 왔는데 긴장하는 게 좋을 거야."

"긴장이요? 뭔 일 있습니까?"

뭐가 문제냐는 듯이 웃고 있는 환야. 그런 환야를 향해 혁련휘가 짧게 말했다.

"장룡이 마교로 들어왔어."

"지금요?"

되묻는 환야를 향해 혁련휘가 작게 고개를 끄덕였다. 그러고는 뭔가 알 수 없는 의미심장한 표정을 지은 채로 가볍게 말을 이었다.

"돌아왔다기에 선물 하나 보냈는데…… 그의 맘에 들지 모르겠군."

장룡.

혁련휘의 손에 의해 방주와 소방주 모두를 잃은 흑랑방의 최고 고수. 그리고 그는 현 무림을 대표하는 절대십마 중 하나였다.

외부에 있었던 그가 마침내 이곳 마교로 돌아와 흑랑방의 거처에 모습을 드러냈다.

우두머리를 잃고 흔들리는 흑랑방으로 돌아온 그가 어수선한 모습을 눈으로 확인하기 무섭게 소리쳤다.

"뭣들 하는 게냐!"

장룡의 성난 외침은 어지럽던 흑랑방을 단번에 정리되게 만들기 충분했다. 그가 나타나자 총관의 일을 맡고 있던 사내가 다급히 모습을 드러냈다.

"대사부!"

방주의 아래에 있긴 했지만 일신의 무공만으로는 흑랑방 최고의 무인인 그다.

그런 장룡을 흑랑방 무인들은 대사부라 부르며 예를 갖췄다.

육십 중반 정도의 나이를 지닌 그는 다소 깐깐한 인상의 노인이었다. 두 눈은 날카롭고, 꽉 다문 입술에는 쉬이 흔들리지 않을 것만 같은 강인함이 풍겨져 나왔다.

장룡은 모습을 드러낸 총관을 향해 날카롭게 쏘아붙였다.

"대체 방 꼴이 이게 무엇인가?"

"죄송합니다. 어떻게든 수습하려고 했지만…… 제 능력으론 역부족이었습니다."

"됐네. 지금 당장 흑랑방에 남아 있는 장로급 이상의 무인들을 모두 소집해서 정확하게 한 시진 후까지 내 거처로 오라고들 하게."

"알겠습니다."

말을 마친 장룡은 곧바로 자신의 거처로 발걸음을 돌렸

다. 그의 거처는 흑랑방의 가장 좋은 터에 위치해 있었다.

흑랑방 최고 고수이자 절대십마의 일인이라는 위명을 세워 주기 위해 특별히 신경 써 준 거처였다.

자그마한 연못이 딸려 있는 자신의 거처에 들어선 장룡은 말없이 방 안을 둘러봤다.

평소였다면 먼지조차 쌓이지 않던 곳.

그렇지만 상황이 상황인지라 한동안 제대로 된 청소조차 하지 못한 듯싶었다.

'그만큼 흑랑방의 상황이 좋지 않다는 말일 터.'

주요 구성원이 혈육으로 이뤄진 사대세가와는 다르게 삼대방파는 같은 뜻을 지닌 이들이 모여 있는 단체라 봐도 좋았다.

물론 혈육들 또한 높은 자리에 위치하고 있긴 하지만 상대적으로 사대세가와는 달리 그들이 지닌 힘이 그리 크지 않다는 게 문제였다.

죽어 버린 방주와 소방주.

둘이 죽으면서 비어 버린 흑랑방 방주의 자리까지.

욕심이 있는 자라면 누구라도 탐낼 수밖에 없는 자리다. 그 자리가 바로 마교의 칠대천 중 하나인 흑랑방의 방주라는 지위인 탓이다.

벌써부터 내부적으로는 몇몇 이들이 그 자리를 노리고

움직일 거라는 소문이 돌긴 하지만, 그럼에도 불구하고 아직까지 큰 싸움이 나지 않은 건 전부 장룡이라는 존재 때문이다.

섣부르게 그 자리에 욕심을 냈다가 혹시라도 장룡의 눈 밖에 난다면?

방주의 자리에 앉는다 한들 그 자리가 오래 지속되지 못함을 모두가 알고 있었다.

그만큼 흑랑방 내부에서 장룡이 지닌 힘은 컸다.

그의 허락이 떨어져야만 흑랑방의 진정한 주인이 될 수 있다는 걸 모두가 암묵적으로 알고 있는 상황이었다.

장룡은 탁자 옆에 놓인 의자를 끌어내고는 가만히 자리에 앉았다.

많은 인원들이 모일 수 있게 만들어진 이곳 집무실에는 십여 개가 넘는 의자들이 양쪽으로 즐비해 있었다.

가장 상석에 앉아 장룡이 두 손을 맞잡은 채로 가만히 턱을 괴었다.

자연스럽게 그의 입에서 짧은 한숨이 터져 나왔다.

"하아."

생각이 무척이나 많아진다.

방주의 자리를 오래 비워 둘 수는 없는 노릇.

분명 다음 대 방주를 뽑아야 한다. 그렇지만 장룡의 머리에 딱히 누군가가 떠오르지 않았다.

다른 이들을 압도할 만한 무력을 지닌 이도, 그렇다고 뛰어난 지략을 지녔거나 모두가 따를 법한 성품을 지닌 이도.

'어중간해.'

다들 어중간한 이들뿐이었기에 장룡은 쉬이 결단을 내리지 못했다. 그리고 비단 문제는 다음 대 방주를 뽑는 것만이 아니었다.

더 큰 하나의 문제가 남아 있었고, 이것이 장룡을 고민하게 하는 결정적 이유이기도 했다.

"혁련휘라⋯⋯."

고민 속에서 흘러나온 건 다름 아닌 혁련휘의 이름이었다.

가장 큰 문제는 바로 그였다.

혁련휘가 흑랑방을 쳤다. 그런 그에게 단 하룻밤 만에 방주와 소방주를 잃게 됐다.

덕분에 흑랑방은 흔들리게 됐고, 마교의 무인들에게 웃음거리가 됐다.

고작 몇 명의 무인에게 흔들리는 칠대천이라니, 그 위명이 너무 과장됐던 것은 아니냐는 반응들.

'이대로 넘길 수는 없는 일이다.'

이 모든 일을 끝내기 위해서는 혁련휘와의 마무리가 필요했다.

흑랑방을 치고 그 수뇌부들을 제거한 혁련휘의 행동에 대해 엄중히 따져 물을 것이다. 물론 그 과정을 통해 어떤 일이 벌어질지는 아직 장룡 또한 장담할 수는 없었다.

최악의 경우…… 대공자와의 싸움도 불사해야 하는 상황이 올지도 모른다.

그렇게 긴 상념으로 시간을 보내던 장룡의 거처에 이내 연락을 전해 들은 장로들이 모여들었다. 정확하게 한 시진의 시간이 지났을 무렵 다 같이 모습을 드러낸 그들이 장룡을 향해 예를 갖췄다.

"대사부를 뵙습니다."

"됐소, 앉으시오."

장룡의 대답을 들은 장로들이 옆에 놓여 있는 의자에 하나둘씩 천천히 자리하기 시작했다. 그 모습을 가만히 바라보던 장룡이 이내 미간을 찡그린 채로 말했다.

"그런데 세 분밖에 안 오신 거요? 나머지 분들에게도 분명 내가 오라고 말을 전했을 터인데?"

"저 그것이……."

장룡의 질문에 장로 중 하나가 머뭇거렸다. 그러고는 이내 쏟아지는 장룡의 뜨거운 시선에 못 이기는 척 이야기를 꺼냈다.

"여기에 오지 못한 장로들은 대부분 크게 다치거나 죽었습니다."

"허어."

장룡이 짧게 탄식을 내뱉었다.

그래도 열 명 정도의 장로는 오지 않을까 했거늘 그 숫자가 생각보다 너무도 적었다.

그만큼 흑랑방이 큰 피해를 입었다는 방증이기도 했다.

장룡이 기가 차다는 듯 허탈한 웃음과 함께 말했다.

"허허, 이거야 원. 흑랑방의 뿌리까지 뒤흔들린 모양이오."

"송구합니다."

"됐소. 누구를 탓하러 모인 자리도 아니니."

과거가 아닌 미래를 위해 모인 자리다.

어떻게든 지금의 이 상황을 타개하고 다시금 흑랑방의 위세를 되찾아야만 했다.

장룡이 물었다.

"대체 어찌 된 일이오? 얼추 듣기는 했소만 정말로 대공자와 그의 측근 몇 명에게 무너진 게 사실이오?"

"예, 그렇습니다."

"혹 그 자리에 있으셨소?"

"있었지요."

"그렇다면 대공자를 보았겠군. 어땠소? 그의 무위가 정말로 그리 빼어났소?"

장룡의 질문에 장로 중 일인인 그는 잠시 입을 닫았다. 그걸 과연 뭐라 말로 표현해야 할까?

강했다.

정말 눈으로 보고도 믿을 수 없을 정도로 강했다.

거기다 그 알 수 없는 신비한 힘이라니…….

그가 조심스럽게 장룡의 질문에 답했다.

"번개와 불을 마구잡이로 뿜어 대더군요."

"번개와 불?"

장룡이 고개를 갸웃했다.

마교에는 정말로 그 숫자를 헤아리기 힘들 정도로 수많은 무공이 있다.

그렇지만 알아주는 상승무공 중에 과연 그런 것이 있었나 하는 의문이 들었다.

장룡이 물었다.

"잡술을 쓴다 이거요?"

"잡술이라 치부할 수준이었다면 흑랑방이 이리되지 않았겠지요. 방주님조차도 대공자에겐 한낱 어린아이 수준밖에 되지 않을 정도였습니다."

"……너무 과한 생각 아니오?"

아무리 만휘양이 칠대천의 수장 중에 약한 편에 속하는 자라고는 하나 마교에서 이름을 떨치는 고수 중 하나다.

그런 그가 어린아이로 느껴질 정도라니 겁을 먹은 탓에 너무 과한 건 아닌가 하는 생각이 들어서였다.

그렇지만 그런 장룡의 질문에 이곳에 온 세 명의 장로 모두가 아무런 말도 하지 않았다.

꿀 먹은 벙어리처럼 아무런 말도 하지 않는 세 사람.

그렇지만 그들의 표정을 하나하나씩 살피던 장룡은 그 속내를 알 수 있었다.

방금 말을 내뱉은 자뿐만이 아니다.

나머지 두 명도, 그런 그의 말에 동조하고 있는 빛이 역력했다.

'만 방주를 어린아이처럼 다뤘다고?'

혁련휘의 대단한 재능은 익히 알고 있다. 허나 그렇다고 해도 그 정도의 나이에 만휘양을 가지고 놀 정도의 수준이라니…….

가라앉은 분위기 속에서 장룡은 알 수 있었다.

세 장로의 눈동자에 맺힌 그 끝을 알 수 없을 정도의 두려움.

이들은 대공자 혁련휘라는 존재에게 이미 압도되어 버렸다.

'……대단한 자로군.'

단 한 번의 만남으로 이토록 뼈저린 공포를 심어 준다는 건 보통의 사람으로선 불가능한 것이다. 그 모든 걸 가능케 했다는 것, 그것 하나만으로도 상대가 보통 인물이 아니라는 걸 말해 주고 있었다.

그렇게 세 명의 장로와 마주 앉아 있는 그때였다.

다급한 발소리와 함께 방금 전 입구에서 만났던 총관이 모습을 드러냈다.

"대, 대사부!"

"무슨 일인가?"

물어 오는 장룡을 향해 총관이 손에 쥐고 있는 서찰을 하나 내밀었다.

"지, 지금 막 날아온 지령입니다."

"지령? 누구에게서?"

"그것이…… 대공자입니다."

대공자라는 그 한마디에 집무실에 모여 있던 장로들이 일순 술렁거렸다.

마찬가지로 놀란 듯 눈을 치켜떴던 장룡이 손을 들어 그런 장로들을 진정시켰다.

장룡은 자신의 손에 들린 지령서를 천천히 펼쳐 들었다.

그리고 그 안의 내용을 확인한 그의 미간이 꿈틀거렸다.

지령서의 모든 내용을 확인할 때까지 기다렸던 장로 중 하나가 그가 고개를 들기 무섭게 황급히 말을 걸었다.

"대, 대공자가 뭐라고 보냈습니까?"

"허허. 대공자라는 자…… 실로 재미있는 자요."

"예?"

장룡이 쥐고 있던 서찰을 앞에 있는 탁자 위에 말없이 올려놓았다.

장로들의 시선을 받으며 장룡이 천천히 말을 이었다.

"대공자가 소집령을 내렸소이다."

*   *   *

쌀쌀해지기 시작한 겨울 날씨를 몸으로 느끼며 환야가 피식 웃었다. 갑자기 웃는 그를 향해 혁련휘가 물었다.

"뭐야 갑자기."

"아뇨, 그냥 문득 지금쯤이면 다들 연락을 받지 않았을까 싶어서요. 다시금 소집령을 받아 들었으니 그들도 당황스러울 겁니다."

환야가 웃는 이유는 바로 그것이었다.

이 차 소집령.

허나 이번 소집령은 지난번과 그 무게 자체가 달랐다.

일 차 소집령이야 아무런 것도 모르는 풋내기가 대공자라는 직위를 이용해 자신의 힘을 과시하는 것 정도로 보였을지도 모른다.

그리고 그로부터 잠시의 시간이 지난 후 벌어진 이 차 소집령.

그 짧은 시간 동안 마교 내에서 벌어졌던 일들은 결코 이번 소집령을 가벼이 여길 수 없게 만든다. 일 차 소집령을 거부하고 자신들끼리 시간을 보내던 많은 이들이 혁련휘의 손에 무릎을 꿇었고, 일부는 그 아래로 들어가기까지 했다.

거기다 칠대천 중 하나를 무너트리고, 또 하나인 마혈적가는 휘하에 넣었다.

그런 대공자의 소집령을 이번에도 간단하게 넘길 수는 없는 노릇.

과연 그들이 이번엔 어떤 반응을 보일지 환야는 내심 궁금했던 모양이다.

환야가 물었다.

"과연 칠대천들도 움직일까요?"

"글쎄."

혁련휘는 무덤덤하니 대답했다.

그들이 오든 오지 않든 상관없다. 어차피 이번 소집령은 자신이라는 존재가 그 짧은 시간 동안 얼마나 큰 힘을 가지게 되었는지를 주변에 공고히 하기 위함이었다.

가야 할 길이 먼 건 사실이었지만 지금만으로도 충분히

대단한 업적을 쌓아 가고 있는 건 분명했다.

"이 차 소집령도 떨어졌으니 조만간 바빠지겠습니다?"

"아무래도 그렇겠지."

혁련휘의 대답을 들은 환야가 슬그머니 눈을 빛내며 말했다.

"그러면 그 전에 한번 모여서 단합이라도 해야 하는 거 아닙니까."

"매일 같이 있으면서 무슨 단합."

"그래도 사기진작 차원에서 좀 나가 주고 그래야죠."

뭔가 그럴싸하게 말은 하고 있지만 혁련휘는 대충 환야의 속내를 알 것 같았다.

한동안 안에서 좀이 쑤셔라 있다 보니 바깥으로 나가고 싶은 모양이다. 어떻게든 한 번이라도 더 나가려는 환야의 모습을 가만히 바라보던 혁련휘가 이내 고개를 끄덕였다.

"그러든지."

"허락하셨으니 곧바로 애들 데리고 앞으로 모이겠습니다."

말을 마친 환야는 곧바로 후다닥 바깥으로 뛰쳐나갔다. 그가 사라지자 혁련휘는 창밖으로 고개를 돌렸다.

창을 통해 차가운 바람이 밀려든다.

'벌써 겨울이 오는 건가.'

겨울이 오면서 덩달아 생각나는 건 혁리원이다.

녀석의 시체를 안고 걸어가던 그 길 또한 생각이 난다.

그때도 무척이나 추웠는데…….

어느덧 혁리원이 죽은 지 일 년 남짓한 시간이 흘러가고 있었다.

그 전까지만 해도 혁리원은 마교의 소교주로, 그리고 자신은 죽은 사람처럼 음지에서 살아왔다. 허나 일 년 가까운 시간이 지난 지금 그런 둘의 인생은 아예 바뀌어 있었다.

혁리원은 죽었고, 혁련휘는 세상에서 가장 빛나는 자리에 나와 있다. 그런 사실을 떠올리자 혁련휘의 마음이 무거워졌다.

새파란 하늘을 올려다보며 혁련휘는 속으로 중얼거렸다.

'이 자리는 네 것이어야 했거늘.'

팔짱을 낀 채로 상념에 잠겨 있던 그를 세상으로 끄집어낸 건 바로 옆으로 다가온 비설이었다.

"형님!"

깜짝 놀라게 해 주려는 듯이 옆에서 툭 미는 비설의 행동에 혁련휘가 퍼뜩 정신을 차리고 그런 그녀를 바라봤다.

심각한 표정을 짓고 있던 혁련휘는 싱글벙글 웃는 그녀를 마주하는 순간 자신도 모르는 사이에 한결 표정이 풀어졌다.

그런 그를 향해 비설이 웃는 얼굴로 말을 이었다.

"형님이 먹을 거 사 주신다고 앞으로 모이라고 했다면서요?"

"내가?"

"네, 환야 아저씨가 그러던데요."

단합하자고 외쳐 대던 게 언제 자신이 먹을 걸 사 주는 자리가 되었는지는 모르겠지만…….

혁련휘가 물었다.

"뭐 먹고 싶은 거라도 있어?"

그런 그에게 돌아오는 비설의 대답.

"저야…… 만두죠!"

그런 비설의 대답에 혁련휘는 입가가 꿈틀거리는 걸 억지로 참으며 짧게 말했다.

"그럴 줄 알았다. 누가 만두 귀신 아니랄까 봐."

혁련휘의 핀잔에도 비설은 뭐가 그리도 좋은지 환하게 웃고만 있었다.

*   *   *

다섯 명은 거처를 빠져나와 곧바로 마교 외성으로 움직였다. 이미 마교의 먹거리는 꿰다시피 하고 있는 비설이 자신 있게 추천하는 객잔으로 향하는 길이었다.

혁련휘를 지키겠다는 듯이 네 명은 사방으로 그를 둘러
싼 채로 걸음을 옮겼다.

그런 그들의 행동에 혁련휘가 불편한 듯이 말했다.

"그냥 평범하게 가지."

"안 됩니다, 대장. 언제 그놈들이 기습을 할지 모른다고
요."

"그놈들에게 당한 건 너잖아."

"으윽."

환야가 할 말이 없다는 듯이 가슴을 부여잡고는 괴로운
표정을 지어 보였다.

장난스럽게 행동하고 있지만 환야의 말 또한 모두 농담
은 아니었다.

혁련휘가 당할 사내가 아니라는 건 안다.

그렇지만 혹시 모를 기습에 조금이라도 그를 안전하게
지키고자 환야는 굳이 이렇게 움직이자고 우기고 있는 것
이다.

우치에 이어 유영인을 만났다는 사실을 그는 누구에게도
말하지 않았다.

그리고 유영인은 암흑류의 정수를 깨달은 여인.

자신이라고 해도 쉽사리 잡아내지 못할 정도의 은밀함을

자랑한다. 그런 그녀가 혹여나 혁련휘를 노린다면…….

물론 혁련휘가 당한다는 것은 상상이 안 가는 일이었지만 조심해서 나쁠 건 없었다. 환야가 굳이 잔소리를 들으면서까지 이런 대형을 유지하고 있는 건 그 때문이었다.

대공자 일행의 등장에 외성에 있는 이들도 수군거렸다.

외성에는 무인보다는 무공을 익히지 않은 보통 사람들이 많이 살긴 하지만 그들에게도 혁련휘의 얼굴은 제법 알려진 편이었다.

거기다 외성에 있는 무인들 또한 혁련휘를 발견하고는 거리를 슬슬 벌리고 있는 상황.

그렇게 모두와 함께 움직이던 혁련휘 일행이 마침내 목적지에 도착했다.

비설이 먼저 휙 하니 안으로 들어가 이제는 얼굴을 튼 점소이에게 살갑게 말을 걸었다.

"삼 층에 방 있어요?"

"아, 예. 물론이지요."

"그럼 방 하나 부탁할게요. 가능하면 가장 조용한 곳이면 좋겠고요. 저희 형님이 워낙 조용한 곳을 좋아하셔서요."

"예예, 그러지요."

대답이 떨어지기 무섭게 비설이 바깥으로 고개를 내밀고 다른 이들을 불렀다.

"들어들 오세요. 여기가 만두도 맛있고, 동파육(東坡肉: 돼지고기 요리)도 으뜸이거든요."

"맞다. 달치도 여기 비설이랑 와 봤는데 동파육 맛있다."

곧바로 고개를 끄덕이는 달치를 보며 환야가 혀를 차며 입을 열었다.

"쯧쯧. 하여튼 누가 먹보들 아니랄까 봐 아주 꿰고 다니는구먼."

투덜거리면서도 환야 또한 은근 기대가 되는 눈빛으로 객잔 내부로 걸어 들어왔다.

그렇게 비설이 안내한 객잔에 들어선 일행은 곧바로 삼층으로 올라갔다.

그리고 처음 비설이 부탁한 대로 가장 사람들이 지나다니지 않는 안쪽 방으로 자리를 잡을 수 있었다.

비설은 능숙하게 점소이에게 먹을거리들을 시켰고, 그는 주문을 받고 이내 그곳에서 모습을 감췄다.

일행은 널찍한 방에 각자 자리를 잡은 채로 음식을 기다리며 이야기를 시작했다.

가장 화제는 최근 엄청난 훈련에 시달리고 있는 부의민의 상태였다. 그가 자신의 팔뚝을 보여 주며 죽는소리를 해 댔다.

"이거 보라고. 며칠 사이에 내 몸에 이런 근육이 붙었다니까. 이게 사람이 할 짓이냐?"

"에이, 그래도 강해지면 좋죠, 아저씨."

비설의 말에 부의민의 죽는소리가 이어지려고 할 때였다.

뚜벅, 뚜벅.

갑자기 누군가가 그들이 머무는 방 앞에 와서 섰다.

그 기척을 느끼는 순간 환야가 자리를 박차듯 일어났고, 동시에 비설 또한 허리춤에 차고 있던 자미쌍검에 손을 얹었다.

둘이 이토록 극도로 **빠르게** 반응하는 이유는 간단했다.

엄청난 기운이 밀려들었으니까.

상대는 자신의 기운을 감추지 않았다.

그랬기에 알 수 있었다. 엄청난 존재가 방 앞에 자리하고 있다는 사실을.

비설은 놀란 눈을 한 채 문 뒤편으로 비치는 그림자를 노려봤다.

'누구지?'

실로 대단한 기운이다.

그저 모습을 드러낸 것만으로도 비설을 긴장하게 만들 정도의 상대. 비설은 설마 하는 표정을 지어 보였다.

얼마 전에 만났던 우치가 생각나서다.

그렇지만 느껴지는 기척은 하나뿐. 그가 미치지 않고서
야 단신으로 이곳으로 올 이유는 없었다.

그 순간 벽에 기댄 듯이 앉아 있던 혁련휘가 천천히 입을
열었다.

"신분."

이런 상황에서도 냉정하게 들려오는 혁련휘의 목소리에
문 건너에 있던 상대의 어깨가 가볍게 움찔했다.

자신의 기척을 느꼈을 터인데도 이토록 태연한 목소리라
니.

잠시 놀랐던 상대가 이내 혁련휘의 질문에 대답했다.

"흑혈신권(黑血神拳) 장룡이 대공자님을 뵈러 왔습니다."

장룡이라는 말에 환야가 놀란 눈으로 혁련휘를 바라봤
다.

상대가 장룡이라는 사실을 안 혁련휘였지만 여전히 변함
없는 말투로 입을 열었다.

"용무는?"

"흑랑방의 일로 몇 가지 여쭙고자 이렇게 실례를 무릅쓰
고 찾아왔습니다. 들어가도 될는지요?"

장룡은 정중하게 말했다.

자신이 상대해야 할 혁련휘라는 사내에 대해 이미 어느
정도 전해 들은 상태다.

그는 결코 무례를 용서하거나 눈감아 주는 상대가 아니었다.

그랬기에 장룡은 최대한의 예의를 보였다.

그런 장룡의 태도 때문이었을까?

혁련휘가 여전히 벽에 기댄 그대로 말했다.

"들어와."

대답이 떨어지자 장룡이 문을 옆으로 밀며 방 안으로 걸어 들어왔다. 그리고 들어오기 무섭게 그의 시선이 정면에 앉아 있는 혁련휘에게로 향했다.

그리고 그 눈빛을 마주하는 순간…… 장룡은 직감할 수 있었다.

'장로들의 말이 허언이 아니었군.'

기대다시피 앉아 있는 자세는 분명 허점투성이여야만 했다.

그런데 아니다.

지금 저 같은 자세로 앉아 있음에도 불구하고 공격해 들어갈 만한 빈틈이 보이지 않는다.

어찌 이토록 젊은 사내에게서 저런 자연스러운 강함이 밀려 나오는지 놀라웠지만…….

이내 정신을 차린 장룡이 혁련휘를 향해 포권을 취해 보였다.

"장룡이 대공자님을 뵙습니다."

포권을 취하는 그를 향해 비설과 환야 또한 긴장의 끈을 놓치지 않았다.

장룡이라면 절대십마의 일인. 그런 그가 눈앞에 있는데 어찌 방심할 수 있으랴.

혁련휘가 그런 그를 향해 말했다.

"소집령까지 아직 며칠은 남은 것 같은데."

"죄송합니다. 그 전에 한번 뵙고자 결례인 걸 알면서도 이렇게 찾아왔습니다."

"결례를 아니 그나마 다행이고. 그래서 할 말이 뭐지?"

혁련휘의 질문에 그가 가볍게 주변에 있는 다른 이들을 훑어보았다.

마치 이들을 물려 달라는 듯한 모습. 그런 모습을 보고 혁련휘가 짧게 말했다.

"다들 잠시 옆방에 가서 식사들 하고 있어."

혼자서 장룡과 독대하겠다는 혁련휘의 말에 환야는 안 될 일이라 나서고 싶었다. 그렇지만 환야는 섣불리 나서지 못했다.

이렇게 마주하고 있는 상황에 상대를 견제하는 듯한 행동을 한다면 오히려 혁련휘를 우습게 만드는 상황이 벌어질지도 몰랐으니까.

결국 환야 또한 혁련휘의 말에 어쩔 수 없이 등 떠밀리듯 다른 이들과 함께 옆방으로 자리를 옮겨야만 했다.

그렇게 모두가 자리를 비우자 그제야 혁련휘가 입을 열었다.

"흑랑방에서 뭐 때문에 날 찾아온 거지?"

혁련휘의 질문에 장룡이 입술을 깨물었다.

자신이 찾아온 이유를 모르지 않을 거라는 걸 너무나 잘 알았으니까.

그렇지만 장룡은 그런 속내를 감춘 채로 찾아온 용건에 대해 직접 밝혀야만 했다.

"제가 없는 사이에 방주와 소방주가 죽음을 맞이했더군요."

"그랬지."

마치 남이 벌인 일에 대해 이야기하는 듯한 태도. 그랬던 혁련휘가 이내 말을 이었다.

"설마 그들에 대한 내 처벌에 대해 따지고자 이곳에 온 것인가?"

"따진다기보다는 물으러 왔다고 봐 주셨으면 좋겠습니다. 어째서 그 둘이 죽어야 했는지, 그걸 명확히 알고 싶어서 말이지요."

장룡의 물음에 혁련휘가 답했다.

"그들은 큰 죄를 지었다. 그 죄의 대가를 치르고자 내가 갔고, 그들은 내 말을 듣지 않았지. 마교에서 상명하복을 따르지 않는 건 중죄라는 사실은 알고 있을 터."

위에서 명령을 내리면 따른다.

그렇지만 만휘양은 듣지 않았다.

아들을 살리기 위해 해선 안 될 도전까지 불사했다. 그리고 그 대가를 치른 것뿐이라 혁련휘는 말하고 있는 것이다.

장룡 또한 혁련휘가 말하고자 하는 걸 알고 있다.

분명 큰 죄를 지었고 벌을 받아 마땅하다는 것도 안다.

그렇지만 그 대가가 너무 과하다는 생각이다.

장룡이 그런 자신의 속내를 드러냈다.

"벌을 받는 건 피할 수 없다 여깁니다. 허나…… 그렇다고 해서 굳이 죽이셔야 했습니까? 적법한 절차를 따라 죄의 경중을 가리고……."

타앙!

혁련휘가 손바닥으로 탁자를 내려쳤다.

힘을 조절한 덕분에 탁자는 멀쩡했다. 그렇지만 혁련휘의 적절한 힘 배분 때문인지 그 긴 탁자 전체가 부르르 떨렸다.

혁련휘가 차가운 목소리로 말했다.

"그들이 받을 처벌을 정하는 것은 네가 아니다, 장룡."

"알고 있습니다. 그렇지만 과한 것 또한 분명 사실이라 생각합니다, 대공자님."

혁련휘의 쏟아지는 기세에도 장룡은 흔들리지 않았다. 그는 그만한 능력을 지닌 인물이었다.

지지 않고 받아치는 장룡을 향해 혁련휘가 차갑게 말을 내뱉었다.

"과하다고? 아니, 난 오히려 참아 준 것이다. 아예 그 만씨 놈들의 핏줄을 모두 제거하려 하다가 말았으니까."

"이미 그리하지 않으셨습니까. 방주와 소방주를 모두 죽여서 그 대는 이미⋯⋯."

그 순간 혁련휘의 입에서 의미심장한 한마디가 터져 나왔다.

"한 명. 한 명이 남았잖아."

한 명이 남았다는 말에 장룡이 갑자기 입을 닫은 채로 혁련휘를 응시했다. 그리고 그런 장룡을 바라보며 혁련휘가 천천히 입을 열었다.

"그대의 딸. 그 아이가 남았지."

"⋯⋯!"

그 한마디를 듣는 순간 장룡의 얼굴이 딱딱하게 굳었다.

2장. 존재감

— 그 아이 운이 좋군

장룡의 입술 끝이 가볍게 부르르 떨렸다.

아니라고 말을 해야 했다. 자신의 딸과 흑룡방의 방주였던 만휘양이 무슨 상관이냐고 따지고 물어야만 했다.

그 사실을 모르는 장룡이 아니었지만……,

상대가 좋지 않았다.

대공자 혁련휘가 결코 확실한 증거 없이 이 같은 말을 꺼내지는 않았을 터. 그 사실을 알면서도 장룡은 순순히 인정할 수 없었다.

목숨이 걸린 일이 될 수도 있었으니까.

그가 애써 모르는 척 말을 내뱉었다.

"무슨 소린지 영문을 모르겠군요. 제 딸이 여기에 왜 갑자기 거론되는지요."

시치미를 떼는 장룡을 물끄러미 바라보던 혁련휘가 아무렇지 않게 품에서 종이를 꺼내어 들었다. 몇 장의 종이를 든 혁련휘가 그 안의 내용을 천천히 읽기 시작했다.

"현재 이름 장유희, 진짜 이름은 만수연. 흑혈신권 장룡의 무남독녀 외동딸로 위장하고 있지만 사실은 만휘양의 숨겨 둔 혼외자식이지. 그녀의 친어미는 이제는 위세를 잃고 사라져 버린 귀무곡(鬼霧谷) 곡주의 딸인 유세령. 오래전 만휘양이 스치듯 만났던 그녀에게 반해 반강제적으로 취했고, 결국 태어난 게 그 아이고. 왜? 더 해 줄까? 아직 이 정도는 더 남았는데."

남은 종이 두 장을 더 흔들며 말하는 혁련휘를 바라보던 장룡은 입술을 깨문 채로 힘을 주어 말했다.

"……그만하셔도 됩니다."

귀무곡과 유세령의 존재까지 알아낸 상황이다.

더 우긴다고 해도 결코 빠져나갈 틈이 없다는 사실을 알아 버린 이상 더는 아니라고 입 아픈 변명을 늘어놓을 이유가 없다.

혁련휘를 바라보는 장룡의 표정은 복잡했다.

'어찌 안 것인가.'

혁련휘가 말한 것은 사실이었다.

장룡에게는 무척이나 어린 딸이 있었다.

다른 사람들은 늘그막에 무슨 힘으로 자식까지 낳았냐고 우스갯소리를 할 정도로 이제 갓 십 대 중반밖에 되지 않은 소녀가 말이다.

허나 그 아이는 장룡이 아닌 흑랑방 방주였던 만휘양의 딸이었다. 만휘양은 비밀리에 낳은 자신의 딸을 환영하지 않았다.

차마 죽일 수는 없어 어떻게든 외지로 보내려고 했고, 그 일을 떠맡았던 것이 장룡이었다.

방주의 핏줄이라는 건 추후에 흑랑방 내부에 큰 분란을 일으킬 소지가 충분했다. 그랬기에 흑랑방 내에서도 입이 무겁고, 또 믿을 만한 존재인 장룡이 자연스레 그 일을 맡게 됐다.

장룡 또한 처음부터 자신의 딸로 삼을 생각은 아니었다.

계획대로 잠시만 맡아 주다가 어딘가로 보낼 생각이었는데 사람의 인생이라는 게 꼭 계획대로만 되는 건 아닌 듯했다.

옹알이를 하던 조그마한 여자아이, 그 아이가 걸음마를 하는 걸 보면서 자신도 모르게 어찌나 그리도 좋았던지 그 감정은 이루 말로 형용할 수조차 없었다.

그리고 그 아이가 오물거리며 아빠라 부르던 그 말을 듣는 순간…… 장룡에게 그 아이는 이미 소중한 존재가 되어 버렸다.

그랬기에 장룡은 만휘양에게 제안을 했다.

이 아이를 자신의 딸로 키우겠다고.

당연히 처음에 만휘양은 펄쩍 뛰었다.

괜한 위험거리를 가까이 두고 싶지 않았으니까. 허나 장룡은 그런 그를 설득했고, 결국은 이 사실을 무덤에 갈 때까지 가져가겠다는 약조와 함께 간신히 그녀를 양딸로 삼을 수 있었다.

그렇게 해서 장룡은 만휘양의 딸을 자신의 친딸로 속여 지금까지 키워 온 것이다.

워낙 중대한 일이었기에 이 비밀을 아는 이들의 숫자는 손으로 꼽을 수 있을 정도로 적었다.

헌데 그 비밀을 지금 눈앞에 있는 대공자가 알고 있는 것이다.

어떻게라는 생각이 드는 건 당연했다.

혁련휘가 덤덤하게 말을 이었다.

"꽤나 놀란 눈치군."

"생각보다 괜찮은 정보력을 지니고 계시군요."

정보력을 갖췄다는 것.

그건 곧 그만한 힘 또한 지니고 있다는 말이기도 했다.

혁련휘라는 존재가 마교에 나타나 빠른 속도로 자신의 존재감을 뿌려 대는 건 그저 우연이 아니라는 걸 알 수 있었다.

그만큼 치밀하게 이것저것 준비하고 있다는 것이었으니까.

장룡이 그런 혁련휘를 향해 물었다.

"그 아이의 목숨을 담보로 저와 거래라도 하시겠다 이겁니까?"

물어 오는 장룡의 질문에 혁련휘가 짧게 대답했다.

"착각하고 있군."

"착각이요?"

"너와 거래를 하기 위해 그 아이를 살려 뒀다 생각하느냐?"

혁련휘의 말에 장룡이 인상을 찌푸리며 말했다.

"그럼 그게 아니라는 겁니까?"

"만약 그 아이가 이번 일에 개입되었었다면…… 설령 그게 네가 아닌 그 누구와 연관되어 있었다 해도 난 그 아이를 죽였을 것이다. 그 아이가 산 이유는 오직 하나, 흑랑방 방주와 소방주가 지은 죄와 아무런 연관이 없었기 때문이다."

"그 말씀은 만약 지금이라도 그 일과 제 여식이 관련이 있다면 죽이겠다 이 말씀이십니까?"

"물론이다."

혁련휘의 대답에는 일말의 망설임이 없었다.

그랬기에 장룡은 내심 자존심이 상했다. 자신이 누구인가?

칠대천 흑랑방의 실세이자 절대십마의 일인이다. 그런 자신을 상대로도 싸움을 불사하겠다는 혁련휘의 말이 그리 기분 좋을 리 없었다.

"핏줄이 어찌 됐든 그 아이는 제 딸입니다. 제아무리 대공자님이라 해도…… 제 딸을 건드리시려면 그만한 각오는 하셔야 할 겁니다."

"그 각오라는 거, 내가 아니라 네가 해야 할 것 같은데."

혁련휘 또한 강하게 나오는 장룡에게 전혀 밀리지 않겠다는 듯이 대답했다. 그런 혁련휘를 바라보던 장룡이 이내 물었다.

"대공자께서 그냥 그 사실을 알아 두지는 않았을 터. 저에게 뭘 바라시는지 여쭈어 봐도 될는지요?"

"원하는 거라. 사실 방금 전까지는 딱히 그쪽이나 흑랑방에게 원하는 건 없었거든. 그런데 지금 당신을 만나게 되니 생각이 조금 바뀌었어."

흑랑방 방주와 소방주를 죽였다.

그렇지만 그걸로 흑랑방이 무너질 거라 여기지 않았다. 장룡의 존재를 혁련휘 또한 미리 염두에 두지 않았던가.

그가 있는 한 흑랑방은 어떻게든 이 위기를 버텨 내고 명맥을 유지할 거라는 사실을 알았고, 실제로 그렇게 진행되어 가고 있었다.

그래서 적당한 명분만 찾으면 어떻게든 무너트리려 했었지만…….

혁련휘가 장룡을 향해 말했다.

"흑랑방, 당신이 가져."

"……지금 그게 무슨 말이십니까?"

장룡은 당황했다.

자신에게 원하는 게 뭔지 물었거늘 갑자기 흑랑방을 가지라니.

당황한 그를 향해 혁련휘가 말했다.

"말한 그대로야. 방주와 소방주가 죽었고 지금의 흑랑방을 수습할 수 있는 건 장룡 당신뿐이야."

"아니 될 말씀입니다. 비록 사대세가와 달리 삼대방파는 혈육이 아닌 뜻으로 모인 이들이라고 하나 그 자리에 제가 욕심을 낼 수는 없는 노릇. 순서로 따지자면 부방주가 그 자리에 오르는 것이 순리……."

"내가 알기로 그자도 당신 딸의 정체를 아는 것 같던데.

아닌가?"

혁련휘의 말에 장룡은 일순 입을 닫았다.

대체 이 사실까지 어떻게 알아낸 건지 기가 막힐 노릇이다.

비파월에게 엄청난 금액을 주고서 받아 낸 정보가 지금이 순간 요긴하게 먹혀들어 가고 있었다.

대답하지 못하는 장룡을 보며 혁련휘가 굳이 말을 듣지 않아도 알겠다는 듯이 짧게 말했다.

"맞나 보군. 그럼 이야기는 더 간단해지겠어. 과연 그가 당신이 사라진 이후에도 여식을 살려 줄 거라 장담할 수 있나?"

"……."

대답하지 못한다는 건 혁련휘의 말을 부정할 수 없다는 걸 의미했다.

만휘양이야 그래도 자신의 피붙이다 보니 죽이려고 들진 않았다.

그렇지만 부방주인 그라면 다르다.

방주였던 만휘양의 슬하에 있던 세 명의 자식.

두 명의 딸 모두가 어릴 때 요절한 탓에 그의 재물을 이어받을 만한 이는 외아들인 만자강뿐이었다.

하지만 그마저도 죽어 버렸으니, 자연스레 만휘양이 가

졌던 모든 것은 다음 방주로 거론되는 부방주에게로 향할 것이다.

그런 상황에서 부방주에게 만휘양의 유일한 핏줄인 그녀는 무척이나 신경 쓰이는 존재다.

당장에야 장룡이 있으니 어찌하지 못하겠지만 미래까진 장담할 수는 없는 노릇이다.

그리고 설령 죽이지 않는다 해도 자신의 딸로 살아온 장유희는 이 모든 사실을 알게 될 것이고, 평생을 죽은 듯이 숨어 살아야 할지도 모른다.

그리고 그건 장룡이 바라는 바가 아니었다.

"어차피 부방주는 이번 일을 해결하지 못해. 상황이 이리되었으니 이 기회에 흑랑방을 당신이 취해. 아마 부방주 또한 방주 자리에 욕심은 나도 어찌하진 못할 거야. 다른 이들의 아무런 반발도 없이 방주직에 오를 수 있는 기회, 그건 오직 지금뿐이야. 그리고 그게 결과적으로 네 딸을 지킬 수 있는 방법이고. 그것도 아니면 그 비밀을 아는 사람을 모두 죽이든가."

"……그러려고 해도 이제 대공자께서도 아시는 소문을 어찌 막을 수 있겠습니까."

한두 명을 죽여서 자신의 딸을 지킬 수 있다면 얼마든지 그리했을 게다. 그렇지만 이제는 장담할 수가 없는 상황이 되어 버렸다.

대공자가 알게 되었다는 건 곧, 또 다른 누군가도 이미 이 일에 대해 알 거나 아니면 알 수 있다는 소리이기도 했다.

얼마나 많은 자들이 알지, 또 어디까지 퍼졌는지 전혀 감이 오지 않는다.

어차피 상황이 이리되고 있다면…….

'대공자의 말이 옳다. 숨으려 들면 들수록 오히려 유희가 위험해질지도 모른다.'

방주의 자리에 아무런 욕심도 없던 장룡이다.

오히려 그런 직위가 거추장스럽다 여길 정도였으니까. 그렇지만 이제는 조금 생각을 달리해야만 했다. 자신은 몰라도, 자신의 딸인 장유희 그녀를 위해서 말이다.

장룡 자신이 죽은 이후 그녀를 지켜내기 위해 결국 그는 결단을 내려야만 했다.

"그리하지요. 흑랑방을 제가 가지겠습니다. 허나, 그 주인은 제가 아닙니다."

"당신이 아니라고?"

"방주의 자리는 제게 어울리지 않습니다. 그 자리에 앉을 사람은…… 제 딸입니다."

장룡의 말에 혁련휘의 눈동자가 살짝 커졌다가 이내 다

시금 원래대로 돌아왔다. 그만큼 장룡의 결정이 놀라웠던 것이다.

장룡이 말을 이었다.

"아직 어린아이입니다. 당장엔 그 무엇도 못 하겠지요. 그런 제 여식을 대신해 제가 우선은 진두지휘하겠지만 나이를 먹으면서 천천히 그 모든 걸 이어받을 수 있도록 할 생각입니다."

장룡은 자신이 죽은 이후를 염려하고 있는 것이다.

허나 그때까지 주어진 그 긴 시간.

그 시간 동안 장룡은 방주의 자리에 오른 장유희의 위치를 견고하게 만들어 두려는 것이다.

설령 자신이 사라진다 해도 결코 그 누구도 쉬이 위협하지 못할 정도로 막강한 힘을 쥐여 주려는 거다.

혁련휘가 고개를 끄덕였다.

굳이 설명하지 않았음에도 장룡이 왜 그 같은 결정을 내렸는지 이미 눈치채고 있었으니까.

자신이 죽은 이후에도 딸을 지키기 위해 지금부터 그 초석을 다지려 하는 것이다.

혁련휘가 그런 장룡을 향해 입을 열었다.

"그 아이는 운이 좋군."

"방주의 자리에 오르는 게 착한 그 아이에게 그리 좋다고만은……."

"아니, 그거 말고."

"……?"

의아하다는 얼굴로 바라보는 그를 향해 혁련휘가 작게
중얼거렸다.

"친아비에게 버려진 덕분에 양아버지인 당신을 만났잖
아. 그게 그 아이에게는 훨씬 다행인 것 같아서."

"……과찬이십니다."

좋은 아버지다.

피로 이어지지 않았다고 해서 가족이 될 수 없는 건 아니
다. 키운 정, 그리고 자식처럼 소중히 대하는 그 마음.

장룡에게는 아버지라 불릴 자격이 충분히 있었다.

생각이 거기까지 미치자 혁련휘는 과거의 기억들이 연달
아 떠올랐다.

자신 또한 한때 혁무조라는 존재가 너무나 자랑스럽고
그처럼 되고 싶었던 적이 있다. 물론 지금은 그런 마음은
일절 없었지만.

잠시 과거의 상념에 빠져 있던 혁련휘를 현실로 데리고
온 건 이어지는 장룡의 대답이었다.

"허나 지금 그 제안만으로 제가 대공자님을 따라야 할
이유는 없다 여겨지는군요."

"그런가?"

혁련휘가 무덤덤하니 말했다.

그런 그를 향해 장룡은 솔직히 속내를 드러냈다.

"딸을 위해 흑랑방을 손에 넣기로 마음먹은 접니다. 따라서 그것에 도움이 되는 선택을 해야겠지요. 하나 분명한 것은 그 대상이 대공자님이 될 수도, 아니면 또 다른 칠대천 중 누가 될 가능성도 있다는 겁니다."

승산 없는 쪽에 낄 생각은 추호도 없는 장룡이다.

사실 장룡의 입장상 혁련휘에게 마음이 기우는 건 어쩔 수 없었다.

칠대천의 수장들에 대해 잘 알고 있는 장룡이다.

여우와도 같은 교활한 이들이 한둘이 아니다. 그런 이들을 상대로 장유희가 버티는 건 그리 쉬운 일이 아닐 것이다.

더군다나 지금이야 대공자라는 존재가 있으니 서로 뭉쳐 있는 상황이지만 결국 그들은 싸우게 될 것이다. 그 와중에 가장 피해를 보는 이는 누가 될까?

아무래도 세가 약해진 자신들이 될 공산이 컸다. 당장에 봤을 때 칠대천 중 가장 만만한 표적일 테니 말이다.

그들은 어떻게든 자신들을 아래로 넣기 위해 무력도 불사할 것이다.

결국 그 대가를 치러야 하는 건 자신과 딸인 장유희다.

칠대천과 뜻을 함께한다 하여 미래가 보장되지 않는다는 걸 알면서도 선뜻 혁련휘에게 손을 내밀 수 없는 건 지금 자신의 선택이 딸의 운명과 직결되기 때문이다.

그리 쉬울 수 없는 선택.

그랬기에 장룡이 제안했다.

"저에게 보여 주시지요. 제가 따를 만한 능력을 지니셨는지, 아닌지를."

"보여 달라?"

기분 나쁠 수도 있는 말이었지만 혁련휘는 그런 장룡의 제안을 수긍했다.

자신의 딸을 걱정하는 마음이 절절히 느껴진 탓이다.

혁련휘가 주변을 두리번거렸다.

이 객잔은 자신 둘이 실력을 겨루기에는 너무도 좁다.

절대십마인 그와 혁련휘가 손을 겨룬다면 이곳 객잔은 물론이거니와 인근에 있는 수십 개가 넘는 건물들이 박살이 나도 이상할 게 없다.

뭔가를 찾던 혁련휘의 시선이 이내 탁자 위에 놓여 있는 찻물이 든 찻잔에 틀어박혔다.

혁련휘가 손을 뻗어 그 찻잔을 들어 올렸다.

삼분지 이가량 차 있는 찻물이 찰랑거렸고, 그 모습을 확인한 혁련휘가 이내 입을 열었다.

"이걸로 하지."

"찻잔으로요? 설마……."

장룡이 혹시나 하는 표정을 지어 보였다.

혁련휘 입장에서 피해야 하는 승부가 무엇일까?

그건 바로 내공 대결이었다.

내공이란 오랜 시간 몸 안에 축적하는 기운이다. 당연히 나이가 훨씬 많은 장룡이 유리할 게 뻔한 대결이었다.

그랬기에 설마 아니겠지 하는 표정을 짓고 있었거늘…….

혁련휘가 입을 열었다.

"내공 대결이면 수긍하겠나?"

혁련휘의 입에서 나온 내공 대결이라는 말에 장룡은 일순 말문이 막혔다.

대체 무슨 자신감으로 자신에게 내공 대결을 건단 말인가? 가장 불리한 패를 꺼내어 드는 혁련휘를 바라보며 장룡이 이해가 안 간다는 듯 되물었다.

"진심이십니까?"

"아직 날 잘 모르는 모양인데, 난 쓸데없이 말장난이나 하는 취미는 없거든."

"허나…… 왜 그런 선택을 하셨는지 이해가 안 갑니다."

"이 좁은 방 안에서 당신과 내가 싸울 수는 없는 노릇이니까. 번거롭기도 하고 말이야. 그래서 이거면 주변에 별다른 피해 없이 간단히 끝낼 수 있을 것 같은데."

온몸으로 내력을 방출하는 것이라면 모를까, 눈앞에 있는 잔 하나로 서로의 내공을 겨루는 것이다.

워낙 뛰어난 초절정 고수들의 대결이기에 이 잔 하나로의 겨룸만으로도 주변에 파장을 일으킬 순 있겠지만 그래 봤자 이 방 안에서 판가름 날 수 있는 수준이 될 것이다.

그런 혁련휘의 생각을 이해 못 하는 건 아니지만…….

'대체 대공자를 어찌 이해해야 할지 모르겠군.'

장룡의 입장에서 이건 승산 없는 싸움이었다. 그리고 굳이 그런 싸움을 걸어오는 혁련휘가 그리 좋게 보일 리 없었다.

승산 없는 싸움을 건다는 건 어쩌면 목숨을 맡기게 될 같은 편이 되는 입장에서 그리 내키지 않는 부분이었으니까.

장룡이 무슨 생각을 하든 상관없다는 듯이 혁련휘가 쥐고 있던 잔을 가볍게 밀었다.

피잉!

혁련휘의 손바닥에서 밀려 나간 잔이 소리를 토해 내며 빙글빙글 돌았다. 그리고 그 잔은 정확하게 장룡과 혁련휘의 딱 정중앙에 위치한 곳에 이르러 멈추어 섰다.

몇 바퀴나 더 회전하던 잔이 멈추었고, 그제야 장룡이 찻잔에 시선을 줬을 때다.

혁련휘가 말했다.

"승부는 간단해. 상대에게 잔을 보내는 쪽이 승리. 그렇지만 잔이 깨져서도, 또 안의 물이 흘러넘치게 해서도 안 돼. 어때, 간단하지?"

말을 듣고만 있던 장룡은 가볍게 미간을 찡그렸다.

내공 대결을 하는 것만으로도 모자라 정교한 조절까지 필요한 시합이다. 그리고 이 또한 당연히 경험이 많은 장룡에게 더 유리한 조건.

연신 자신에게 유리한 것들을 걸어 대는 걸 대공자는 모르는 것일까? 아니면…… 그런 조건에서도 자신에게 우위를 점할 거라 생각하는 걸까.

그 두 개 중 뭐가 됐든 간에 장룡으로서는 그리 유쾌하지 않았다.

내키진 않았지만 장룡 또한 혁련휘의 제안을 받아들였다.

"좋습니다. 왜 이런 대결을 제안하셨는지는 모르겠지만 어디 한번 소문만 무성한 대공자님의 실력을 보겠습니다."

말을 내뱉은 장룡이 찻잔에 시선을 고정시킨 채로 길게 숨을 내쉬었다.

방주 만휘양을 가볍게 꺾었다고 들었다.

그렇지만 그와 자신은 다르다.

마교, 아니 강호를 대표하는 절대십마의 일인. 그런 자신을 상대로 내공 대결을 건 혁련휘의 무모함을 지금 그 결과를 통해 보여 주려 하는 것이다.

찻잔으로 향하는 장룡의 시선이 가라앉자, 자연스레 그의 몸 주변으로 내공이 휘몰아쳤다. 그런 반응을 느껴서일까?

옆방에서 대기하라는 명을 지키고 있던 이들이 모습을 드러냈다.

가장 먼저 비설이, 그리고 그 뒤를 이어 환야와 달치, 부의민이 황급히 달려온 것이다.

그런 그들의 등장에 혁련휘가 손바닥을 들어 움직임을 저지했다.

그들 또한 탁자 한가운데 찻잔을 놓고 노려보는 둘의 모습에서 뭔가가 벌어지고 있다는 걸 눈치챈 모양이다.

네 명을 손짓으로 막아 낸 혁련휘는 이내 모든 신경을 앞에 있는 장룡에게 집중했다.

상대는 여태까지 싸워 왔던 그런 자들과는 그 차원이 다른 자다.

절대십마라 해도 다 같은 수준은 분명 아니다.

그들 안에서도 압도적인 차이가 나는 이들도 존재했으니까.

그 예가 바로 혁무조, 그는 절대십마 내에서도 유독 빛나는 하나의 별이었다.

그런 혁무조에 비해서는 엄청날 정도의 차이가 있는 장룡이긴 했지만…….

'절대십마라…….'

뿜어져 나오는 기운을 마주하는 것만으로도 혁련휘는 그가 얼마나 강한 자인지를 실감할 수 있었다.

허나 혁련휘는 전혀 주눅 들거나 긴장하지 않았다.

마찬가지로 혁련휘 또한 찻잔을 향해 자신의 힘을 끌어내기 시작했다.

그리고 이내 두 개의 힘이 대치하듯 찻잔을 마주하고 만나는 순간.

번쩍!

준비가 끝났다 여겼는지 장룡은 곧바로 내공을 쏟아 부었다.

길게 승부를 이어 갈 생각이 없던 그다. 속전속결로 이 싸움을 끝내고 이 같은 말도 안 되는 대결을 제안한 혁련휘의 의중을 물으려 했다.

그리고 예상대로 찻잔이 쭈욱 하고 혁련휘 쪽으로 밀려 나갔다.

빠른 속도로 밀려 나가는 찻잔을 보며 부의민이 짧게 비명을 질렀다.

"아앗?"

안 된다는 비명.

찻잔이 탁자의 끝자락까지 날아가 떨어지기 직전의 아슬아슬한 상황까지 이르는 그 순간이었다.

드득.

갑자기 기괴한 소리와 함께 거침없이 뻗어져 나가던 찻잔이 멈추어 섰다.

승부가 났다는 생각을 하고 있던 장룡의 얼굴에 당혹감이 서렸다.

찻잔이 무서울 정도로 회전하며 탁자의 끝에 걸려 있다.

그 찻잔을 향해 혁련휘의 내공이 쏟아져 나오고 있었다. 회전하는 찻잔 주변으로 슬금슬금 연기가 피어오른다.

그리고…….

찻잔이 천천히 장룡 쪽으로 밀려 나가기 시작했다.

말도 안 되는 상황에 장룡의 얼굴이 새빨갛게 변했다. 그는 더욱더 집중하여 내공을 쏟아 냈다.

그의 몸 주변을 휘몰아치던 연기가 보다 강하게 피어올랐다.

그렇지만 밀려 나오는 찻잔이 잠시 멈칫했을 뿐, 상황은 변하지 않았다.

조금씩, 아주 조금씩 자신에게로 찻잔이 다가오고 있다.

덩달아 몸으로 밀려드는 혁련휘의 커다란 내공이 절절히 느껴진다.

그 힘을 피부로 체감하자 머리카락을 비롯해 전신의 모든 털이 곤두서는 기분이었다.

장룡은 믿을 수가 없었다.

'이것이…… 어찌 저토록 젊은 사내가 가질 수 있는 내공이란 말인가.'

끝없이 밀려오는 힘을 마주하고 있자니, 흡사 커다란 암벽을 앞에 둔 막막함이 느껴졌다.

그렇게 밀려 나오기 시작한 찻잔이 순식간에 중앙을 넘어 장룡의 앞에까지 다가오고 있었다. 그 모습을 보는 순간 장룡은 주먹을 움켜쥐었다.

강하다는 건 알겠다.

믿을 수 없을 정도로 엄청난 내공을 지녔다는 것도 인정한다.

허나 장룡 또한 지고 싶지 않았다.

절대십마로 불리는 그 또한 당연하겠지만 무인으로서의 엄청난 자부심을 지닌 인물이었다. 그런 그가 어찌 쉽사리 패배를 인정하겠는가.

"크읍."

자그마한 신음 소리와 함께 내공이 더욱 강하게 밀려 나 갔다.

찻잔이 아주 잠시 멈칫하는 걸 확인하며 장룡의 표정이 한결 풀어지는 순간이었다.

멈칫했던 찻잔이 보다 빠르게 탁자 위에서 회전하더니 이내 자신에게 다시금 다가오고 있었다.

그리고 이내 찻잔이 끝자락에 달하는 순간 장룡은 보다 강하게 내공을 주입했지만 그건 실수였다.

파앙!

절묘한 힘 조절로 내공 대결 중에도 찻잔이 깨지지 않는 상태가 유지되던 상황이었다. 그렇지만 지고 싶지 않다는 생각에 장룡은 일순 너무 과한 힘을 불어 넣었다.

그리고 그 선택은 이내 찻잔이 깨지고야 마는 불상사를 일으키고야 말았다.

깨어져 버린 찻잔, 그 안에 담겨 있던 찻물은 둘의 대결 과 함께 시작된 맹렬한 회전과 내공으로 인해 뜨겁게 데워 져 있었다.

뜨거운 물이 탁자를 타고 장룡에게까지 떨어져 내렸다.

그 뜨거운 물이 손바닥 위로 연신 떨어져 내리고 있었거 늘 장룡은 꿈쩍도 하지 않았다. 그는 그저 묵묵히 고개를 숙인 채로 깨어져 버린 찻잔만을 응시하고 있을 뿐이었다.

힘겹게 입을 열었다 닫았다를 몇 번이고 반복한 이후에야 장룡에게서 목소리가 흘러나왔다.

"……졌습니다."

누가 봐도 장룡이 진 건 사실이었다.

그렇지만 자존심으로 살아가는 무인이기에 그 말을 꺼낸다는 것 자체가 쉬운 일이 아니었다. 그만큼 그 한마디를 내뱉기까지 장룡은 수많은 고민과 괴로움에 잠겨 있었다.

장룡은 이내 고개를 들어 맞은편에 위치한 혁련휘를 바라봤다.

그는 아무렇지 않은 표정으로 장룡의 대답을 듣고만 있었다.

마치 이런 반응이 아무렇지 않다는 듯이.

그에겐 절대십마의 하나인 자신과의 내공 대결의 승리가 너무나 무덤덤해 보였다.

그랬기에 장룡은 더는 참지 못하고 물었다.

"왜 이런 대결을 제안하신 겁니까?"

그런 장룡의 질문에 혁련휘가 대수롭지 않게 말을 받았다.

"수긍하게 하려고."

"수긍이요?"

"생각했을 것 아냐. 이건 유리한 싸움이라고. 그런 싸움에서 내가 이겼어. 아마 지금 당신은 적잖이 놀라면서도 나란 존재에 대해 조금 더 깊이 생각하게 되겠지. 틀린가?"

"아뇨, 맞습니다."

혁련휘가 말한 대로다.

실제로 피해를 입은 입장임에도 불구하고, 소문을 들어 보면 혁련휘의 실력이 어느 정도 과대평가된 부분이 없잖아 있을 거라 여겼다.

허나 아니다.

직접 눈으로 본 혁련휘라는 자는 말도 안 될 정도의 능력을 지닌 자였다.

엄청난 내공과 침착함, 그리고 상황을 자신 쪽으로 유리하게 이끌어 갈 정도의 세밀한 준비성과 치밀함까지 지닌.

혁련휘가 새로운 찻잔에 찻물을 따르며 입을 열었다.

"할 건 다 한 것 같군. 이제 어느 편에 설지 선택은 그쪽 몫이야. 허나 이건 명심해. 칠대천의 편에 서는 순간······ 당신은 나와 적이 된다는걸."

흘러가듯 내뱉는 한마디.

그렇지만 그 경고가 그리 가볍게 들리지 않는 건 방금 전 직접 느꼈던 힘 때문이기도 했다.

혁련휘와 적이 된다는 사실이 못내 찜찜하게 느껴진다는 걸 눈치챈 순간 장룡은 재차 놀랄 수밖에 없었다.

'이 경고 또한 미리 준비해 두었던 것인가.'

혁련휘의 힘을 보기 전이었다면 그런 경고가 그리 무겁게 느껴지지는 않았을 터. 그렇지만 이미 그의 힘을 몸으로 느낀 이상 그 말을 가볍게 넘기긴 힘들었다.

장룡이 조심스레 물었다.

"며칠만 생각할 말미를 주실 수 있겠습니까?"

"그러지. 하지만 그리 길게 줄 수는 없을 거야."

혁련휘가 창밖으로 시선을 돌리며 자그마한 목소리로 중얼거렸다.

"소집령이 얼마 남지 않았으니까."

*   *   *

두 번째 삼천기인 정도기를 지닌 남궁무는 마교에서 꽤나 멀리 떨어진 곳으로 움직이고 있었다.

며칠 동안 쉼 없이 움직여서 도착한 어느 산의 중턱. 그가 이내 향한 곳은 그곳에 위치한 동굴 중 하나였다.

동굴 수십 개가 줄지어 서 있는 듯한 기묘한 형상을 한 이곳에 이른 그가 안을 향해 자신이 왔음을 알렸다.

"유령밀부의 수장 남궁무, 어르신을 알현하러 왔습니다."

남궁무의 말이 떨어지기 무섭게 동굴 안에서 낮게 울리는 목소리가 흘러나왔다.

"무슨 일인가."

"삼천기 중 두 번째인 정도기를 회수하여 그것을 가지고 왔습니다. 안으로 들어가도 되겠습니까?"

"출입을 허하지."

허락이 떨어지자 그제야 남궁무는 어두운 동굴 안으로 한 걸음 내디뎠다.

바깥에서 보기엔 그리 크지 않아 보이는 동굴이었거늘 안은 생각보다 긴 듯했다.

그 끝이 보이지 않을 정도의 깊이, 짙은 어둠이 그걸 말해 주고 있었다.

남궁무는 이 장소가 익숙한지 회수해 온 정도기가 든 상자를 옆에 위치한 돌로 된 탁자 같은 곳에 올려 뒀다.

그 순간 어둠 속에서 손 하나가 불쑥 튀어나왔다.

갑작스러운 손의 등장에 움찔하면서도 남궁무는 애써 침착함을 유지했다.

어둠 속에서 드러난 손이 정도기를 움켜쥔 채로 다시금 사라졌다.

'지척이었는데 알아차리지 못했다.'

남궁무의 무공 실력이 뛰어난 걸 감안했을 때, 그런 그에게서 완전히 기척을 지울 정도라면 그 실력이 얼마나 빼어날지는 굳이 설명하지 않아도 될 터.

달칵.

정도기를 가져간 손의 주인이 정도기가 든 상자를 열었는지 자그마한 소리가 울렸다.

그리고 이내 정도기를 확인한 그 정체불명의 인물이 짧게 말했다.

"고생했다."

"아닙니다. 그보다 이렇게 직접 안까지 들어와서 인사를 드리는 건 말씀드려야 할 게 있어서입니다."

"할 말?"

"예, 아무래도…… 두 번째 계책을 준비시켜 두는 게 어떨까 해서요."

남궁무의 뜻 모를 그 한마디에 어둠 속 목소리의 주인이 되물었다.

"두 번째를?"

"예."

"이유는?"

"큰 이유는 없고 느낌이 좀 싸해서요. 뭐 그냥 상황이 이 정도로 왔으니 혹시나 모를 다음을 준비하는 게 낫지 않을까 싶어서 드리는 말씀입니다."

남궁무의 그 말에 어둠 속의 상대는 잠시 침묵했다.

그러고는 이내 그가 천천히 입을 열었다.

"만약을 대비해서 나쁠 건 없지."

중얼거리던 그자가 이내 다시금 말했다.

"준비시켜 두지."

3장. 비밀 회동

— 설치고 다니게 해

마교의 끝자락 어딘가.

쾌나 넓은 방 안에는 향에서 피어오르는 하얀 연기가 가득했다.

그 향이 가득 꽂혀 있는 방 중앙에는 네 개의 의자가 준비되어 있었다.

그리고 그 의자보다 조금 더 위에는 긴 천으로 가려져 있는 침상 하나가 자리했다.

네 개의 의자, 그리고 그중에 세 곳에는 각각의 주인들이 자리하고 있었다.

변발을 한 거구의 사내 우치, 그리고 백의를 입은 유영인이 그곳에 있었고 그 맞은편에는 새로운 인물 하나가 있었다.

목덜미 정도까지 오는 머리를 산발처럼 풀어 헤친 그는 차가운 인상의 소유자였다.

사십 대 중반 정도 되어 보이는 나이에 무뚝뚝해 보이는 얼굴.

의자에 앉은 그는 팔짱을 낀 채로 말없이 정면을 응시하고 있었다. 그리 크지 않은 키에 날렵해 보이는 인상, 고경천(古敬天)이라는 이름을 지닌 사내였다.

그리고 그 또한 우치나 유영인과 마찬가지로 자하도에서 나온 자들 중 하나였다.

막 안으로 들어섰던 우치가 앞에 있는 고경천에게 말을 걸었다.

"이야, 오랜만이네."

자신에게 웃으며 말을 걸어오는 그를 힐끔 쳐다본 고경천이 퉁명스레 말했다.

"이름 모를 어린놈한테 된통 당했다던데 그러고도 웃음이 나오나?"

"하하…… 이 자식이 뒈지고 싶나."

웃으며 우치가 슬그머니 자리에서 일어났다.

비설과 승부를 내지 못했던 일로 최근 들어 내심 짜증이 잔뜩 나 있던 상태였다.

그러던 차에 이런 도발까지 들으니 더는 참기 힘든 모양이었다.

그런 그의 행동에 앉아 있던 고경천 또한 실눈으로 움직임을 주의 깊게 바라보며 허리춤을 향해 손을 내렸다.

만약 달려드는 상황이 벌어진다면 곧바로 반격을 하기 위함이다.

서로에게 전의를 불태우는 둘의 모습에 유영인이 높아진 목소리로 말했다.

"여기서 싸움질할 생각은 아니지?"

"하면 어때? 저 새끼가 언제까지 까불어 댈지 보는 것도 재미있을 것 같은데. 정말 나한테 맞아 죽고서도 저렇게 입을 놀릴 수 있는지 궁금하지 않아?"

"엉뚱한 데서 얻어맞고 화풀이는 나에게 하는군."

"이 새끼가 끝까지!"

버럭 소리치며 달려들려는 우치를 유영인이 막아섰다.

"싸우려면 나가서 싸워. 여기서 그딴 짓 했다가 무슨 일 벌어지면 그 책임질 수 있어?"

"젠장!"

버럭 소리치며 우치가 발을 굴러 댔다.

거구의 그가 거칠게 움직이자 커다란 장소가 지진이 난 것처럼 흔들렸다.

씩씩거리는 우치가 자리에 앉자 유영인이 이번엔 고경천을 바라보며 말했다.

"너도 그만해."

"유영인, 건방지게 어디서 명령질이야. 네가 내 상관이라도 되는 줄 알아? 그만하고 말고는 내가 정해."

"하아, 싸움개 같은 습관 아직도 못 버렸네."

고경천은 예전부터 그랬다.

누구를 만나도 먼저 시비를 거는 편이었고, 싸움 또한 마다하지 않는다.

투견처럼 싸워 대는 그에게 인생의 목표는 오로지 싸움이 전부였다.

고경천이 유영인을 응시했다.

우치와는 몇 차례 자그맣게라도 싸움을 해 봤지만 유영인과는 단 한 번도 손속을 겨뤄 본 적이 없다.

그랬기에 그는 언제나 유영인에게도 시비를 걸어 댔다.

이유는 간단했다.

싸워 보고 싶었으니까.

그리고 그건 이번도 마찬가지였다. 고경천이 이번에도 유영인에게 시비를 걸었다.

"계속 잘난 척해 대는 그 말투부터 고치지?"

"됐다. 너랑 무슨 말을 하겠어."

유영인이 애써 그런 고경천의 행동을 무시하려고 할 때였다. 그가 다시금 그녀를 도발했다.

"나랑 싸워서 질까 봐 겁이라도 나는 모양이지?"

파앗!

빠른 속도로 뽑혀져 나온 비수 한 자루가 고경천의 발가락 바로 앞에 틀어박혔다. 그렇지만 애초에 그 공격이 자신을 노리는 게 아닌 걸 알았기에 고경천은 미동도 하지 않았다.

유영인이 그런 그를 노려보며 입을 열었다.

"……까불지 마, 고경천. 내 무공은 비무용이 아니거든. 내가 싸움을 시작하면 죽기 전까진 안 끝나. 그래서 봐주는 거라는 걸 명심해."

소름 끼치는 살기를 뿜어 대는 유영인을 뒤에서 바라보던 우치가 무섭다는 듯 웃어 댔다.

"휘유, 무서워 죽겠네."

"……."

진심과 농담이 섞여 있는 우치의 말을 들으며 유영인은 자신의 자리에 걸터앉았다. 세 사람 사이에 대화가 끊긴 바로 그때였다.

"싸움은 끝났나?"

목소리가 들려온 건 그들보다 상석에 위치한 곳에 자리

한 침상 안에서였다.

갑자기 들려온 그 목소리에 세 사람의 시선이 침상으로 향했다.

그리고 그곳에 위치한 침상의 천 건너편에서 하나의 그림자가 움직이고 있었다.

분명 방금 전까지 아무런 자도 없었던 곳인데……

셋은 동시에 자리에서 일어나 천으로 모습을 감추고 있는 상대에게 예를 갖추었다.

이렇게 제각각인 세 사람이 모일 수 있는 이유, 그게 바로 저 천 건너에 있는 존재 때문이다. 그는 이 셋을 압도할 정도로 강했으니까.

우치가 예를 갖추는 유일한 인물, 유영인이 유일하게 죽일 수 있다 말할 수 없는 상대, 그리고 싸움을 좋아하는 고경천이 유일하게 시비를 걸지 않는 존재.

천으로 감추어진 침상에 모습을 드러낸 그가 남은 의자 하나를 향해 말했다.

"오늘도 빈자리군."

"아직 임무가 끝나지 않았다고 하더군요."

유영인이 재빠르게 그의 말에 대답했다. 대답을 들은 그의 그림자가 고개를 끄덕거렸다.

향에서 피어오르는 연기에서는 신묘한 향이 흘러나왔다.

그때 눈치를 보고 있던 우치가 조심스럽게 말을 걸었다.

"대장."

"뭐냐, 우치."

"이번에 대공자가 이 차 소집령을 내렸는데 정말 그냥 두고 보실 생각입니까?"

"전에 말했잖아. 대공자를 그냥 내버려 두라고."

"그건 알지만……."

"왜? 그때 당했던 그 일 때문인가."

그자의 말에 우치는 움찔했다.

사실 대공자의 일에 크게 신경 쓰지 않고 있었다. 마찬가지로 자하도에서 나온 자들이라고는 하지만 자신들과는 그 수준이 틀린 존재들이라 여겼으니까.

그렇지만 얼마 전 있었던 비설과의 싸움으로 인해 우치는 점점 대공자 일행이 까불고 다니는 게 마음에 들지 않았다.

압도적인 힘의 차이를 보여 주며 그들을 눌러 버리고 싶었다.

그런데 막상 자신들의 우두머리가 대공자와의 마찰을 피하라는 명령을 내렸으니 그 같은 행동을 할 수도 없는 상황이었다.

그저 개인적인 감정으로 이야기한 우치와 달리 유영인이

침착하니 물었다.

"그런데 대장. 정말 저의가 뭔지 궁금합니다. 굳이 대공자를 살려 두시는 이유가 뭔가요?"

"이유라……."

침상의 그림자가 꿈틀거렸다.

그러고는 이내 그가 말을 이었다.

"놈이 설치고 다니면 다닐수록 우리의 거사가 쉬워질 테니까."

"저희의 거사가요?"

"그래. 칠대천끼리 싸움을 붙여 그들의 세력을 깎으려 하지 않았더냐. 그러던 차에 대공자라는 자가 나타나 알아서 이토록 움직여 주니 나로서는 굳이 피해를 감수할 필요가 없지. 이거야말로 손 안 대고 코 푸는 격이 아니더냐."

아무런 피해 없이 자신이 원하는 상황이 되어 가고 있는데 굳이 대공자를 건드릴 이유가 없었다.

대공자와 칠대천의 싸움.

싸움의 승자가 누가 됐든 간에 그 하나만 마무리하면 그만이다.

자신은 그저 그 둘의 싸움을 재미있게 구경만 하면 된다.

천으로 몸을 감추고 있던 그자가 이내 생각난 듯이 물었다.

"우치, 내가 가지고 오라고 했던 건 구해 왔어?"

"아, 물론이지요. 잠시만 기다려 주십시오."

말을 마친 우치가 갑자기 구석으로 걸어갔다. 그리고 한 편에 세워 둔 커다란 돌을 번쩍 들고는 그대로 침상으로 다가갔다.

바위는 성인 장정 두어 명은 합쳐 놓은 것처럼 컸다. 그토록 커다란 바위를 우치는 아무렇지 않게 들어서는 천 건너편의 그가 확인할 수 있는 거리에까지 가져다 놓았다.

쿠웅.

우치가 바위를 내려놓자 방 안 가득 묵직한 소리가 울려 퍼졌다.

그 바위는 무척이나 평범해 보였고, 실제로도 전혀 특이할 것 없는 것이었다. 그럼에도 불구하고 이 바위를 가지고 온 이유는…….

우치가 말했다.

"하명하신 대로 대공자와 만휘양이 싸웠던 곳에 있던 바위를 가져왔습니다."

바위에 가득한 수많은 자국들.

이 모든 것이 혁련휘의 무공으로 인해 생겨난 것들이다. 그자는 보고 싶어 했다. 혁련휘가 펼쳤던 무공의 흔적을.

그랬기에 우치는 뒤늦게 그곳에 잠입해 가장 많은 흔적

이 남아 있는 바위를 미리 손에 넣어 둔 상태였던 것이다.

천 사이로 갑자기 손이 뻗어져 나왔다.

새하얗고 팽팽한 피부. 그 손의 주인이 결코 나이가 많지 않음을 보여 주고 있었다.

하얀 손이 앞에 놓여 있는 바위의 표면을 타고 가볍게 미끄러져 내려갔다. 덩달아 그 존재의 입에서 감탄성이 터져 나왔다.

"역시…… 나와 같군."

"같다뇨?"

물어 오는 유영인을 향해 그자가 흥분된 목소리로 대꾸했다.

"대공자 혁련휘. 그놈이 익힌 무공이 내 것과 같단 말이야."

"그게 사실인가요?"

"어찌 모를 수 있단 말이냐. 이 흔적이 나에게 말해 주고 있구나. 이건 분명 뇌신강림의 흔적이고, 또 이건……."

말을 내뱉는 그자의 목소리는 무척이나 들떠 있었다. 마치 연모하던 첫사랑을 만난 것만 같은 묘한 떨림.

상대할 만한 호적수를 만났다 여겼는지 그는 무척이나 들뜬 듯이 흔적들을 되짚으며 당시 혁련휘의 모습을 마치 옆에서 봤던 것처럼 머리에 새기고 있었다.

막 연달아 바위에 난 흔적들을 어루만지며 혁련휘의 무공에 대해 말을 내뱉던 그자의 손가락이 어느 부분에 이르러서 갑자기 멈춰 섰다.

그자의 하얗고 긴 손가락이 그 흔적을 거칠고 빠르게 만지기 시작했다.

갑작스러운 그의 행동에 가만히 바라만 보던 세 사람이 놀란 듯 눈을 치켜떴을 때다. 그자가 혼잣말처럼 연신 중얼거렸다.

"뭐야 이건? 이 흔적 비슷하면서도 다른데…… 뭐지?"

수십 번이고 그 흔적을 어루만지던 그자의 손가락이 갑자기 우뚝 멈춰 섰다. 천 너머에 있던 그의 그림자가 부르르 떨려 왔다.

그런 그의 행동에 고경천이 다급히 말을 걸었다.

"대장, 괜찮으십……"

"……파멸혼!"

버럭 소리치는 그 목소리에 말을 걸던 고경천이 움찔하며 물러섰다.

그리고 그건 비단 그에게만 국한된 이야기가 아니었다.

외침과 함께 뿜어져 나온 강렬한 기운에 다른 둘 또한 황급히 뒷걸음질 치며 거리를 벌렸다.

동시에 향 끝에 피어 있던 불들이 거짓말처럼 꺼졌다. 그의 강렬한 기운을 버티지 못하고 불길이 사그라지고야 만 것이다.

그런 그자의 행동과 동시에 터져 나온 파멸혼이라는 그 일말의 외침.

우치가 놀란 목소리로 물었다.

"파멸혼이라면 설마 천마의 병기인 그……."

허나 그런 우치의 말에는 아랑곳하지 않고 그자는 자신 만의 혼잣말을 이어 나갔다.

"믿을 수가 없군. 파멸혼이라니? 하, 하하하! 설마 다시 그 물건을 보게 될 줄이야."

말을 하는 그자의 목소리에는 큰 희열이 느껴졌다.

파멸혼, 얼마나 가지고 싶었던가. 그렇지만 당시 자하도 에서 나올 때 그는 파멸혼을 지척에 두고도 돌아서야만 했 다.

힘이 모자랐으니까.

파멸혼이 있는 그 짧은 거리를 들어갈 능력이 없었기 때 문이다.

그로부터 십 년이 훨씬 넘는 긴 세월이 흐른 지금……
그때 포기해야만 했던 파멸혼이 세상에 나타났다.

그것도 대공자 혁련휘의 손에 들린 채로.

그자가 중얼거렸다.

"재미있구나."

자신이 가지지 못했던 파멸혼, 그렇지만 그걸 가지고 나온 상대. 분명 그때의 자신보다 강했으니 그게 가능했겠지만……

상대에게는 안타깝게도 당시 파멸혼을 앞에 두고 몸을 돌려야 했던 자신은 이제 없었다. 훨씬 강해졌고, 모든 걸 완성한 절대적인 존재만이 이곳에 있을 뿐이다.

천 바깥으로 나와 있던 손이 바위에 닿았다.

그리고 내력을 불어 넣기 무섭게 바위는 가루가 되어 흘러내렸다.

쏴아아.

가루가 되어 무너져 내리는 바위를 움켜쥔 그자가 들뜬 목소리로 말했다.

"대공자, 그대가 싸워야 할 상대는 그때의 내가 아니거든."

* * *

꿈을 꾸었다.

평상시 꿈을 잘 꾸지 않는 혁련휘였기에 그건 무척이나 드문 경우였다. 꿈에서 혁련휘는 동생 혁리원을 만났다.

딱히 어떠한 이야기를 나눴던 것도 아니다.

그저 자신을 바라보며 하염없이 웃고만 있는 그와 오랫동안 마주 바라만 봤을 뿐.

꿈을 꾼 혁련휘가 부스스 자리에서 일어났다.

창을 통해 밀려들어 오는 어둠을 보고 있자니, 아직 동이 트려면 한참은 남은 듯해 보였다.

혁련휘가 말없이 침상에 걸터앉은 채로 창 쪽을 응시하고 있을 때였다.

"형님?"

바닥에 엎어져서 자고 있던 비설이 무거운 눈을 반쯤 뜬 채로 혁련휘를 올려다봤다. 그런 비설의 부름에 혁련휘가 시선을 돌렸다.

비설이 힘겹게 몸을 일으켜 세우고는 곧게 허리를 쭉 폈다.

가볍게 몸을 좌우로 움직이며 뭉친 근육을 풀어 준 비설이 혁련휘를 향해 다시금 말을 걸었다.

"벌써 일어나셨어요?"

"……꿈을 꿔서."

"꿈이요?"

꿈이라는 말에 고개를 갸웃하던 비설이 이내 장난스럽게 말을 이었다.

"에이, 우리 형님 무서운 꿈 꾸셨구나. 귀신같은 게 막 나오고 그랬어요?"

장난이라는 걸 알기에 혁련휘는 가볍게 받아치려다 이내 고개를 끄덕거렸다.

"생각해 보니 귀신은 귀신이겠군. 이미 세상에 없는 녀석이니까."

혁련휘의 그 말에 비설은 장난스러웠던 표정을 잠시 거뒀다. 그의 얼굴에 걸려 있는 쓸쓸해 보이는 감정의 이유를 단번에 알아차렸으니까.

'동생분의 꿈을 꾸셨구나.'

남에게 쉬이 마음을 주지 않는 혁련휘가 그토록 아꼈던 사람. 그만큼 혁련휘에게 소중한 사람이었으리라. 그런 소중한 사람이 의문의 사건으로 인해 죽음을 맞이했다.

어찌 마음이 편할 수 있으랴.

그 사실을 알기에 잠시 안쓰럽게 혁련휘를 올려다보던 비설이 이내 재빠르게 평소처럼 웃는 얼굴로 말했다.

"아무래도 동생분이 형님을 응원하러 나타나셨나 봅니다."

"응원?"

"네, 오늘이 소집령이잖아요. 이번 소집령에서 형님을 응원하고 싶었나 봐요."

비설의 말에 혁련휘는 아무런 말도 하지 않았다.

귀신같은 존재에 대해 믿지 않는 혁련휘다. 그랬기에 말도 안 되는 소리라는 생각이 들었지만…… 이상하게도 정말 혁리원의 응원이라도 받은 것처럼 기분이 가벼워지고 용기가 났다.

혁련휘가 그런 마음을 드러냈다.

"말이라도 고맙다."

"헤헤."

비설은 쑥스럽다는 듯이 자신의 무릎 사이로 고개를 파묻으며 웃었다.

웃고 있던 비설이 퍼뜩 생각났는지 물었다.

"아 참! 형님."

"왜?"

"전에 오셨던 그 장룡이라는 분한테서 대답은 들으셨어요?"

며칠간 생각할 말미를 달라 했던 장룡이다.

그렇게 헤어진 지 벌써 며칠의 시간이 흘렀지만……

비설의 질문에 혁련휘가 고개를 저었다.

그는 여태까지 혁련휘에게 자신의 결정을 전달하지 않았다.

그렇게 마침내 최후의 기한으로 걸었던 소집령 날이 다가온 것이다.

비설이 조심스레 물었다.

"그분은 적이 될까요?"

"알 수 없지. 하지만 분명한 건 난 그에게 선택을 맡겼다는 거야. 추후에 어떤 일이 벌어지든 그건 그의 선택으로 인해 벌어지는 걸 테고."

혁련휘가 무덤덤하니 대답했다.

분명 장룡이 혁련휘의 아래로 들어간다면 마교의 세력을 휘어잡는 데 적지 않은 도움이 되긴 하겠지만 그건 그의 선택이다.

허나 혁련휘는 벌써부터 그걸로 고민하지 않았다.

어차피 그 대답은 오늘 소집령을 통해 모이는 자리에서 들을 수 있을 테니까.

혁련휘는 멀뚱멀뚱 자신을 바라보는 비설을 바라보며 이내 침상에 천천히 몸을 눕혔다. 그가 침상에 누운 채로 그녀를 향해 말했다.

"좀 더 자 둬. 꽤나 피곤한 하루가 될지도 모르니까."

  *   *   *

천화전(天火殿).

일전에 혁련휘가 소집령을 내렸던 장소이기도 한 이 넓은 대전으로 하나둘씩 사람들이 모습을 드러내기 시작했다.

약속된 시간까지 기다린 후에 혁련휘 일행 또한 천화전을 향해 움직이고 있었다.

혁련휘는 흑룡포를 몸에 휘감은 채로 목적지인 그곳으로 걸어 나갔다. 뒤에서 쫓던 환야가 긴장이 된다는 듯 손바닥을 어루만지며 중얼거렸다.

"오늘은 몇 명이나 왔을는지."

당시엔 수천 명이 들어갈 수 있는 천화전이 텅텅 비다시피 했었다.

고작 서른 명 정도밖에 오지 않았으니 당연한 결과다.

이번엔 그보다 훨씬 많은 이들이 참석할 거라 예상은 하고 있었지만…… 그게 얼마일지는 아직 가늠하기 힘든 상황이었다.

중얼거리는 환야의 옆에 서 있던 달치가 눈치 없이 말했다.

"달치 사람 많은 거 싫다. 사람 많으면 입 많다. 입 많으면 다들 먹을 거 먹는다. 많이들 먹으면 달치 먹을 거 없다."

"지금 먹을 게 문제냐?"

"달치는 배고픈 거 싫다."

"어휴, 이 멍청아!"

답답한 소리 한다는 듯이 환야가 버럭 소리치자 달치가 무덤덤하니 말했다.

"네 번이다."

"엥? 네 번이라니?"

"환야가 달치한테 멍청하다고 말한 거 그 날 빼고 네 번이다. 달치가 미안한 거 있으니 다섯 번, 다섯 번까지만 봐준다."

"……치졸한 자식 그걸 세고 있었냐?"

말을 하면서도 환야는 내심 입맛을 다셨다.

이제 한 번밖에 더 이 말을 못한다는 사실을 알게 되니 이상하게 아껴서 써야 할 것 같은 기분까지 든다.

시끄럽게 떠들어 대던 환야였지만 이내 목적지가 다가올수록 그의 표정은 진중하게 변했다. 최측근인 자신의 행동이 혁련휘의 위신을 정해 주는 것이라 생각했기 때문이다.

그리고 이내 그들 일행의 눈앞에 익숙한 건물이 모습을 드러냈다.

목적지인 천화전이었다.

환야가 성큼 앞으로 걸어 나가 천화전의 입구로 가장 먼저 움직였다. 그곳에는 이미 보초를 서는 무인들이 있었는데 환야는 손을 들어 그들의 움직임을 저지했다.

그러고는 직접 천화전 입구에 달린 어른 머리통만 한 커다란 손잡이를 잡은 환야가 그것을 강하게 당겼다가 소리가 날 정도로 문에다가 두드려 댔다.

쿠웅! 쿵!

대공자의 등장을 안에 있는 이들에게 알리기 위함이다.

그리고 이내 그 소리가 잦아드는 것과 동시에 큰 목소리로 소리쳤다.

"대공자님이 도착하셨소이다! 예를 갖추시오!"

위에까지 이어져 있는 커다란 문을 환야가 밀어젖히자 안의 모습이 천천히 보이기 시작했다. 그렇게 조금씩 열리기 시작한 천화전의 문.

그리고…….

문이 열리는 순간 드러난 내부의 모습.

내부에 있는 무인들의 모습을 확인한 환야의 눈동자가 흔들렸다.

얼마나 올까 내심 신경이 쓰였는데 그건 쓸데없는 기우에 불과했다.

천화전 내부를 꽉 채우다시피 한 엄청난 숫자의 무인들.

그 순간 안에서 수천 명의 목소리가 하나가 되어 울려 퍼졌다.

"대공자님을 뵙습니다!"

그 우렁찬 소리에 잠시 넋을 잃고 있던 환야가 퍼뜩 정신을 차렸다. 그가 황급히 시선을 돌려 혁련휘를 바라봤다.

무표정한 얼굴의 혁련휘가 가볍게 고개를 끄덕였다.

옆으로 비켜선 환야에게 다가간 혁련휘가 천천히 천화전 안으로 한 걸음을 내디뎠다.

그의 첫발이 이내 천화전의 바닥을 밟았다.

투욱.

그렇게 혁련휘는 천천히 가운데 난 길을 따라 자신의 자리인 가장 상석에 위치한 황금색의 의자를 향해 걸어 나갔다.

그리고 그런 그의 양옆으로는 수천이나 되는 마교의 무인들이 자리하고 있었다.

그들은 포권을 한 채로 고개를 숙이고, 입구를 통해 들어오는 혁련휘를 맞았다.

그 모습이 불과 얼마 전에 있었던 소집령과 너무나 큰 대비가 되었기에 환야를 비롯해 다른 이들 모두 어안이 벙벙할 지경이었다.

그만큼 혁련휘의 위신이 마교 내에서 강해졌다는 뜻이기도 했지만…….

선두에 선 채로 자신의 자리를 향해 움직이던 혁련휘의 시선에 누군가가 잡혔다.

'묵룡천가 천위극?'

혁련휘의 자리 오른편에 위치한 노인.

묵룡천가 가주 천위극의 모습이 눈에 들어온다. 그리고

덩달아 혈뢰주가 가주 주석인과, 신검백가 가주 백천기의 모습도 보였다.

그리고 칠대천 중 유일하게 여자 수장인 백화방의 하약란 또한 자리하고 있었다.

그들이 위치한 곳은 오른편, 그리고 맞은편에는 혁련휘와 손을 잡기로 한 마혈적가 가주 적인호를 비롯하여 십장로 중 한 명인 어관중 등이 자리하고 있었다.

칠대천을 비롯한 그들을 따르는 세력이 위치한 오른쪽과, 혁련휘의 아래로 들어오기로 한 이들이 왼쪽에 쭉 도열한 채로 흡사 대치하고 있는 모양새로 자리하고 있는 것이었다.

혁련휘는 빠르게 상황을 파악했다.

그렇지만 그는 전혀 그런 것에 동요하지 않은 채 자신의 자리로 올라섰다. 황금색 의자의 앞에 선 혁련휘가 몸을 돌려세워 이곳에 자리한 이들을 가만히 내려다봤다.

걸어올 때부터 느꼈지만 오른쪽과 왼쪽, 두 개의 세력 차이가 확연하게 느껴진다.

비율로 따지자면 혁련휘 쪽이 일 할이 조금 넘는 정도고 나머지 구 할은 모두 오른쪽에 위치하고 있다.

혁련휘가 잠시 생각에 잠겼다.

'칠대천 중 두 개를 제외하고 모두 참석했다라…….'

천룡신방의 방주는 자리를 비운 상황이라 이곳에 오지 못했고, 방주를 잃은 흑랑방 또한 이곳엔 없었다. 그렇지만 혁련휘는 내심 나머지 다섯 개 모두가 참석할 거라 생각하지 않았다.

같은 편에 서기로 한 마혈적가를 제외한 나머지 네 개의 칠대천.

자신의 소집령에 응할 확률은 무척이나 적을 거라 생각했고, 설령 온다 한들 하나 정도가 형식상 모습을 드러내는 수준일 거라 여겼다.

그렇지만 아니었다.

오히려 그들 전원이 자리에 참석했고 그 이유를 혁련휘는 알 것만 같았다.

자신을 바라보며 인자한 척 웃고 있는 천위극의 얼굴. 그 얼굴에서 말하고자 하는 바를 여실히 느낄 수 있었으니까.

천위극이 눈동자로 말했다.

'대공자. 보이시오? 이것이 바로 그대와 우리의 힘 차이요. 당신이 지금 아무리 까불고 있다 하지만…… 결국 이것이 현실이란 말이오.'

처음엔 이번 소집령에 참석할 생각이 없었던 천위극이다. 그렇지만 주석인과 대화를 하다 이내 마음을 바꿨다.

오히려 이번 소집령을 기회 삼아 대공자와 그의 편에 서려는 자들에게 자신들의 위세를 체감케 해 주고자 말이다.

그리고 실질적으로 그 작전은 나름 먹혀들어 갔다.

이곳 천화전에 일찍 도착한 네 개의 칠대천이 한쪽에 자리를 잡고 있자, 어중간한 이들은 자연스레 눈치를 보다 그쪽에 붙어 버릴 수밖에 없었다.

그런 상황에서 맞은편에 선다는 건 칠대천의 눈 밖으로 단단히 나는 일이라 여겨졌으니까.

뒤늦게 마혈적가가 나타나며 일부가 이쪽에 서긴 했지만…… 두 개의 세력은 너무나 큰 힘 차이가 보였다.

그리고 단순한 힘 차이를 보여 주는 것. 그것이 이번 소집령에 응한 이유의 전부는 아니었다.

자신의 힘을 보여 주려는 혁련휘가 만든 소집령이라는 자리를 통해 오히려 그를 곤경에 빠트리게 하려는 게 천위극의 속셈이었다.

그가 노리는 건 바로 흑랑방의 참여였다.

이미 장룡이 돌아왔고, 그가 결코 이대로 흑랑방이 무너지게 두지 않을 거라는 걸 잘 알고 있는 천위극이다.

당연히 이번 자리에 오라는 연락을 따로 해 두었고, 그들은 이 자리에 참석할 것이다.

그리고 흑랑방을 건드렸던 일을 빌미 삼아 혁련휘를 곤란하게 하는 것. 그것이 바로 천위극이 준비한 또 다른 계획이었다.

혁무조가 나서는 바람에 칠대천 선에서 혁련휘에게 뭔가를 하는 건 힘들어졌다.

그렇지만 마교의 대다수가 그런 자신들에게 동조할 수밖에 없는 상황을 만든다면? 그때는 제아무리 혁무조라 해도 쉽게 나서지 못할 것이다.

이 모든 것이 준비된 자리.

그랬기에 천위극의 얼굴에는 자신감이 감돌았다.

혁련휘가 그런 천위극을 응시한 채로 천천히 자신의 자리에 앉았다. 그가 자리하자 그 뒤편으로 환야가 와서 섰고, 다른 이들은 왼편에 위치한 이들 사이로 섞여 들어갔다.

자리에 앉은 혁련휘가 소집령에 참여한 이들을 말없이 천천히 훑어봤다. 그러고는 이내 그의 입이 서서히 열렸다.

"저번 소집령 때는 그리들 아프다면서 빠지더니 그사이에 다들 건강해진 걸 보니 다행이군그래."

혁련휘의 그 한마디에 많은 이들이 움찔하며 서로의 눈치를 봤다.

고작 서른 명 가까이가 왔던 그때와 비교되는 지금 이 상황을 비꼬는 거라는 걸 모를 정도의 바보는 없었다.

뭔가를 더 말하려던 혁련휘가 갑자기 입을 닫았다.

그러고는 이내 그 시선을 아직 열려 있는 문 쪽으로 돌렸다.

모두의 시선이 자연스레 그쪽으로 향했고, 얼마 지나지 않아 그 문을 통해 일련의 무리가 모습을 드러내고 있었다.

갑자기 나타난 그들. 허나 그들에 대해 모르는 이들은 아무도 없었다.

칠대천의 하나.

흑랑방이다. 그리고 그 선두에는 장룡이 있었다. 장룡이 대전 안으로 성큼 걸어 들어오며 혁련휘를 향해 포권을 취했다.

"흑랑방 장룡, 대공자님을 뵙습니다!"

흑랑방의 등장에 천위극과 주석인의 입가에 비웃음이 걸렸다.

주석인이 피식 웃으며 속으로 중얼거렸다.

'드디어 왔군.'

대공자를 곤란하게 할 패가 마침내 도착한 것이다. 주석인의 시선이 혁련휘에게로 향했다. 표정 변화 없는 그를 보고 기분이 나쁘기는커녕 오히려 비웃음이 흘러나온다.

자신이 곧 어찌 될지 모르고 오만한 듯 앉아 있는 모양새가 우습다 여겨졌으니까.

포권으로 예를 갖춘 장룡이 십여 명의 수하들을 대동한

채로 성큼 혁련휘 쪽으로 걸어왔다.

자연스레 양쪽 선두에 위치하고 있는 천위극과 마혈적가 적인호 사이에 서게 된 장룡.

그런 장룡을 천위극이 반갑게 맞았다.

"어서 오시게, 장룡."

"오랜만이오, 천 가주."

"여기 자네들 자리를 마련해……."

웃으며 내뱉던 그의 말은 끝까지 이어지지 못했다.

장룡이 갑작스레 몸을 돌리고는 천위극과 등을 진 채로 반대편으로 걸어갔으니까.

그가 적인호의 옆으로 다가가 섰다.

생각지도 못한 상황에 반대편에 위치한 칠대천은 물론이거니와, 혁련휘의 편인 적인호 또한 당황했다.

갑자기 벌어진 이 상황에 모두가 어찌 반응해야 할지 몰라 하고 있을 때였다.

황금색 의자에 몸을 기대고 있던 혁련휘가 짧게 말했다.

"늦었군."

"죄송합니다. 앞으론……, 늦을 일은 없을 겁니다."

확신에 찬 장룡의 대답, 그리고 여타의 칠대천의 수장들은 그런 그를 놀란 얼굴로 바라보고 있었다.

4장. 언중유골

— 어찌 나올 것이오

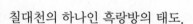

칠대천의 하나인 흑랑방의 태도.

그것은 다른 이들의 예상을 완전히 벗어나는 것이었다.

칠대천 중 대공자에게 가장 커다란 원한을 지니고 있어야
할 그들이 그의 편에 섰다.

그런 흑랑방의 모습에 반대편에 서 있던 이들 중 일부가
슬그머니 눈치를 보다 결국 혁련휘의 휘하에 있는 이들이
모여 있는 왼편으로 이동했다.

그들은 흑랑방을 따르던 중소 세력들이었다. 당연히 혁
련휘의 반대편에 설 거라 생각했던 장룡이 그의 아래로 들
어가니 그들 또한 마찬가지로 자리를 옮긴 것이다.

일 할 정도밖에 되지 않았던 혁련휘의 세력이 순식간에 이 할 가까이로 늘어났다.

그리고 어쩔 수 없이 칠대천의 눈치를 보느라 덩달아 오른편에 섰던 이들 중 일부를 포함한다면…… 그 수치는 거의 삼 할에 육박할지도 모르는 일이었다.

마혈적가와 그의 휘하에 있는 세력들. 거기다 흑랑방과 그들을 따랐던 이들, 그리고 칠대천에게 적의를 가지고 있거나 아직까지도 교주를 따르는 이들까지.

움직이는 일부의 무리를 곁눈질로 살피던 천위극의 표정이 딱딱하게 굳었다.

'좋지 않아.'

대공자가 생각보다 빠르게 마교에서 자신만의 세력을 만들어 가고 있다는 건 알고 있었던 바. 그것이 내심 걸리긴 했지만 결코 자신들을 위협할 수 있을 거라 여기지 않았다.

그렇지만 이젠 아니다.

칠대천 중 무려 두 개가 대공자 아래로 들어갔다.

그것이 의미하는 바는 결코 작지 않았다. 아주 만약에 나머지 다섯 개 중 하나라도 더 혁련휘 아래로 들어가는 날…… 더는 승리를 자신하긴 어려워질지도 모른다.

고작 한 달이 조금 넘었을 뿐이다.

그런데 그 짧은 시간 동안 혁련휘는 자신들을 위협할 세력을 구축하는 데 성공한 것이다.

믿을 수 없을 정도의 능력. 그걸 몸으로 체감하게 된 지금 혁련휘라는 사내에 대한 경계심이 물밀 듯이 밀려오고 있었다.

반대편에 서 있던 칠대천을 비롯한 각 세력의 수장들이 딱딱하게 굳어 있는 그때였다.

황금색 의자에 몸을 싣고 있던 혁련휘가 입을 열었다.

"오랜만에 보는 얼굴도, 처음 보는 이들도 있군."

말을 마친 혁련휘의 시선이 천화전을 가득 채운 이들을 가볍게 훑었다.

그렇지만 그 시선을 마주하는 순간 혁련휘의 반대편에 서 있던 자들은 자신도 모르게 움츠러들고야 말았다.

별다른 살기를 뿜어내는 것도 아닌데도 불구하고 눈빛을 마주하는 것만으로도 설명하기 힘든 힘이 옥죄어 오는 듯한 느낌이다.

그랬기에 그들 대부분은 마치 죄를 지은 사람처럼 시선을 내리깔고야 말았다.

혁련휘의 소집령에 불려 온 이들은 당연히 마교 내에서 어느 정도의 힘을 지닌 이들.

당연히 그들 모두가 교주인 혁무조와 소교주 혁리원을 알고 있었다.

그런 그들의 눈에 혁련휘는 매서울 정도로 혁무조와 닮은 느낌을 풍겼다.

시선만으로 상대방의 전의를 꺾어 버리는 능력을 지닌 그를 말이다.

혁련휘의 편에 선 나이 든 노고수들 중 일부는 그런 그의 모습에 감격한 표정이 역력했다.

젊을 적의 혁무조를 뛰어넘는 압도적인 강함이 풍기는 눈빛은 힘을 숭상하는 마교에 그 뭣보다 중요한 덕목이었으니까.

그저 시선 한 번을 뿌리는 것만으로 수천 명이 모여 있는 천화전의 분위기를 휘어잡은 혁련휘.

그런 혁련휘의 모습을 보며 천위극은 골치가 아파 왔다.

'어릴 때부터 보통이 아니더니…….'

혁련휘와 직접 마주한 건 천위극 또한 십수 년 만이었다.

온순했던 소교주와는 완전히 다르다는 사실은 알고 있었지만 혁련휘의 능력은 생각 그 이상이었다.

자신의 옆에 있는 다른 칠대천의 수장들마저도 안절부절 못하는 모습을 보이고 있으니 다른 이들은 말해 무엇하랴.

자신들의 힘을 체감케 해 주기 위해 이곳에 온 칠대천들이다. 그런데 오히려 상황은 예기치 않게 돌아가고 있었다.

흡사 자신들이 혁련휘의 소집령에 응해 이곳에 오게 된

꼴이 되어 버렸다.

거기다가 되려 혁련휘라는 존재에게 휘둘리고 있는 걸
이 자리에 모인 모두에게 보여 주고까지 있다.

이 자리를 빌려 흑랑방을 건드린 일을 물고 들어가려던
천위극과 여타의 칠대천들이었지만 그들은 계획을 바꿀 수
밖에 없었다.

정작 당사자인 흑랑방이 혁련휘의 편에 섰는데 이 같은
건수로 그를 압박할 수 있을 리 만무했다.

천위극은 속으로 이를 갈며 계속해서 머리를 굴렸다.

어떻게든 이곳에서 혁련휘를 깔아뭉개야 했고, 그걸로
자신들의 위신을 세우는 건 물론이거니와 대공자라는 존재
가 그리 대단치 않다는 걸 증명해야만 하는 자리였으니까.

재빠르게 머리를 굴리던 천위극이 마침내 생각을 정리하
곤 나섰다.

"대공자님, 묵룡천가 가주 천위극이 정식으로 인사드리
겠습니다."

말을 마친 천위극은 혁련휘의 앞쪽으로 이동하며 깊게
포권을 취했다. 실질적인 칠대천의 수장으로 불리는 그가
움직였으니 모두의 시선이 쏠리는 건 당연한 노릇.

그런 그를 의자에 앉은 채로 내려다보던 혁련휘 또한 짧
게 말했다.

"오랜만이군."

"오래전에 죽으신 줄 알았던 대공자님을 이리 뵌다는 사실만으로 감개가 무량합니다. 돌아오셨다는 말을 듣고 얼마나 기뻤는지 모릅니다."

"그리 내 생각을 했다는 사람이 얼굴 한 번을 안 비추더군. 내가 이곳으로 돌아온 지 그리 긴 시간이 지났는데도 말이야."

"허허, 죄송합니다. 저 또한 마음 같아서야 당장이라도 달려가고 싶었지요. 다만 제 위치라는 게 그리 쉬이 자리를 비울 만한 직책이 아닌지라 이토록 정식으로 인사를 드릴 때를 기다리고 있었습니다."

번드르르한 말로 변명을 늘어놓던 천위극이 고개를 들어 의자에 앉아 있는 혁련휘와 시선을 마주했다.

눈에 실린 힘이 혁련휘를 향해 쏘아져 나갔지만 그는 그런 것에 전혀 미동도 하지 않았다.

빤히 바라보는 시선을 마찬가지로 내리깔듯이 응시하는 혁련휘의 눈동자는 어떠한 생각을 하는지 알아차릴 수 없을 정도로 새카맣고 깊어 보였다.

빨려 들어갈 것만 같은 혁련휘의 시선을 마주하던 천위극이 이내 싸늘했던 표정을 풀며 최대한 부드럽게 말을 이었다.

"이토록 정정하고 멋지게 자라신 모습을 보니 저 천위극, 진심으로 대공자님이 자랑스럽고 또 마교의 크나큰 복이라 생각되옵니다."

감동한 듯 말을 이어 가던 천위극이 이내 짧게 숨을 쉬며 힘을 주어 말을 내뱉었다.

"허나."

나지막한 목소리.

그렇지만 그 목소리만으로 천화전에 모인 모두의 시선이 천위극에게 집중됐다. 여태까지의 탐색전이 끝나고 이제부터 본격적으로 그가 대립 구도를 세우려는 걸 눈치챌 수 있었으니까.

그가 말했다.

"너무 잦은 소집령은 삼가 주시지요. 얼마 전에도 모두를 부르시고 또 얼마 되지 않아 이같이 소집령이라니요."

"소집령을 내리는 것에도 정해진 기간이 있었던가?"

혁련휘의 대답에 천위극은 고개를 가볍게 저었다.

그가 웃었다.

그리고 웃는 얼굴로 혁련휘와 마주하고는 천천히 입을 열었다.

"물론 아니지요. 그렇지만 대공자님은…… 대공자일뿐 소교주님은 아니시지요."

그 말에 혁련휘의 뒤편에 서 있던 환야의 손가락이 꿈틀했다.

지금 이 말의 저의를 알아차릴 수 있었으니까.

환야가 여유 만만해 보이는 천위극을 노려봤다.

'이 새끼가…….'

마교의 대공자.

어찌 보면 허울뿐인 자리다. 대공자라고는 해도 실질적인 다음 대 교주 자리에 오를 후보는 그가 아닌 것이다.

엄연히 소교주라는 자리에는 혁리원이 올라가 있으니까.

물론 그가 죽은 지금 혁무조의 유일한 후계자는 혁련휘겠지만, 그건 그 같은 사실이 드러났을 때다. 지금의 혁리원은 죽은 사람이 아닌 무공 훈련을 위해 어딘가로 은거한 상태처럼 되어 있다.

그렇게 시간을 끌다 교주가 죽는다면 그 순간 마교를 잠식해 나가던 칠대천들끼리 정해서 새로운 수장을 뽑는 게 그들의 계획이었으니까.

지금 천위극은 말하고 있는 것이다.

혁련휘, 그가 대체 뭔데 자신들을 이렇게 부르고 있느냐고.

교주나 소교주도 아닌 애매한 대공자의 부름에 이토록 응할 필요 없다는 걸 은연중에 모두에게 말하는 것과 다름 없었다.

천위극이 준비했던 두 번째 패.

그건 바로 소교주였던 혁리원에 관련된 것이었다. 원래라면 굳이 꺼낼 생각이 없었던 계획이었지만 생각지도 못하게 흑랑방이 혁련휘에게 돌아섰다.

그렇게 된 이상 지금 천위극이 혁련휘를 쥐고 흔들 수 있는 최고의 패는 바로 소교주에 관련된 것이었다.

천위극의 말에 그의 편에 서 있는 이들이 작게 고개를 끄덕거렸다.

그들의 입장에선 혁련휘의 이런 부름이 무척이나 난처할 수밖에 없었다.

무시를 하자니 후환이 두렵고, 따르자니 뭔가 애매한 그런 느낌.

그 부분을 천위극이 정확하게 짚으며 분위기를 휘어잡기 시작했다.

상황은 이상하게 흘러가고 있었다.

혁련휘를 움직이게 했던 혁리원이 도리어 지금 그의 발목을 잡을 수 있는 패가 되는 셈이었기 때문이다.

그저 교주의 핏줄이라는 것 하나. 그것만이 혁련휘가 내세울 수 있는 전부였다.

말을 마친 천위극은 대전 내부의 분위기가 변하고 있음

을 체감했다.

굳이 뒤를 돌아보지 않아도 술렁거리는 분위기가 느껴졌기 때문이다.

천위극이 자신 있는 얼굴로 혁련휘를 올려다봤다.

'자, 이제 어찌 나올 것이오, 대공자.'

천위극은 혁련휘가 혁리원의 죽음에 대해 의심하고 있다는 걸 알고 있었다.

일전에 혁련휘는 환영학관에서 독심호리를 만났고, 그때 그에게 혁리원에 대해 이야기했다는 사실을 전해 들은 덕분이다.

천위극은 생각했다.

그렇게 의심을 해도 대놓고 지금 그걸 드러낼 순 없을 거라고.

정확한 증거가 없기 때문이다. 마교의 수뇌부들이라면 어느 정도들 의심하고 있는 사실. 개중에 교주 편의 사람이 없겠는가?

아니, 있었다.

의심하는 그 무리들 안에 교주나 소교주를 따르던 이들 또한 분명 있었다.

수도 없이 많은 교주의 측근들 또한 이 같은 사실을 알았다.

그렇지만 그들은 움직이지 못했다.

왜?

마찬가지다.

증거가 없으니까.

그저 의심만으로 칠대천을 적으로 돌리는 우를 범할 정도로 무모한 자는 없었으니 말이다.

그리고 또 한 가지.

소교주가 정말로 죽었다는 건 교주 쪽 입장에선 결코 드러나선 안 될 일이기도 했다.

범인을 색출할 수 있다면 모를까 그렇지 않으면 도리어 자신들의 약점을 드러내는 꼴이 된다. 후계자인 소교주가 죽었다는 건 곧 자신들의 미래가 불안해졌다는 걸 말해 주는 것이었으니 말이다.

그랬기에 오히려 교주나 소교주 쪽의 사람들조차도 이 같은 일이 아직은 바깥으로 퍼져 나가길 원치 않았다.

꼬리가 잡히지 않은 지금.

혁련휘 또한 이들과 마찬가지로 먼저 그 같은 의심을 발설하긴 힘들 거라 여겼다.

그랬기에 천위극은 여유가 있었다.

지금 이 순간 대공자라는 한없이 고귀하면서도, 또 한편으로는 아무것도 가질 수 없는 그 자리에 있는 존재에게 스스로가 가진 힘이 얼마나 보잘것없는지를 여실히 느끼게 해 줄 수 있다는 걸 알았기에.

천위극의 도전을 정면으로 직면한 혁련휘가 그런 그를 향해 무표정한 얼굴로 입을 열었다.

"내 부름엔 응하지 못하겠다?"

"허허. 너무 과하게 생각하시는군요. 어찌 대공자님의 부름을 무시하겠습니까. 전 그저 교주님이나 소교주님이라면 모를까 대공자님이 이토록 저희를 부르신다는 게 옳지 않다 말하는 것뿐입니다. 그리고 그건 비단 제 생각뿐만은 아닐 것입니다. 이곳에 있는 수많은 분들 모두가 저와 비슷한 생각이 아닐는지요."

천위극의 눈동자가 혁련휘에게 재촉하고 있었다. 이쯤에서 꼬리를 말고 물러서면 자기도 오늘은 이쯤에서 멈춰 주겠다고.

서로 어느 정도의 선에서 타협을 하자고 말이다.

흑랑방의 일로 자신이 한 방 먹었고, 소교주를 앞세워 자신도 혁련휘에게 되갚아 줬다. 이 정도면 분명 충분하다 여겼다.

그렇지만…….

혁련휘의 손이 의자의 손잡이를 강하게 움켜잡았다.

"말 잘했다. 천위극."

"……?"

갑자기 황금색 의자에서 일어서는 혁련휘를 본 천위극의 눈 끝이 미묘하게 경련했다.

뭔가 알 수 없는 느낌이 전신을 감싸고 돌았다.

그리고 그것이 어떠한 감정인지 알아차리는 데 그리 오랜 시간이 걸리지 않았다.

불안감.

그건 알 수 없는 불안감이었다.

단상에 있던 의자에서 걸어 내려온 혁련휘가 천위극의 코앞에 마주 섰다. 그리고는 차가운 목소리로 말을 내뱉었다.

"네놈이 지금 지껄이는 그 소교주는 지금 어디에 있느냐. 어디에 있기에 형님인 내가 나타나도 코빼기 하나 내비치지 않는 것이냐?"

"그야 수행에 들어가셔서……."

"수행?"

말을 자르며 되묻는 혁련휘의 모습, 그리고 그 순간 그의 입에서 경악스러운 말이 터져 나왔다.

"진심으로 그 아이가 어딘가에서 무공을 익히고 있다 생각하느냐? 아니 그 전에…… 살아 있다 생각하느냐?"

"그게 무슨 경망스러운 소리십니까!"

천위극은 당황했다.

설마 혁련휘가 그 일에 대해 스스로 발설할 거라고는 생각도 못 했으니까.

실제로 교주나 소교주 쪽 사람들조차 쉬쉬하는 이 비밀을 말이다.

당황하는 천위극을 바라보던 혁련휘가 이내 아무렇지 않게 말을 받았다.

"왜 그렇게 놀라고그래. 꼭 죄지은 사람처럼. 그냥 그런 소문을 듣고 궁금해서 이야기해 본 건데 말이야."

혁련휘의 말에 천위극의 얼굴이 일순 붉어졌다.

자신도 모르게 당황해서 버럭 소리를 내지르고야 말았다. 천위극이 애써 목소리를 가다듬으며 말을 내뱉었다.

"아무리 대공자님이라 하셔도 그런 유언비어는 삼가 주시지요."

"유언비어라……."

혁련휘의 나지막한 중얼거림.

누군가에게는 혁련휘의 행동이 별다른 의미 없이 보일 수도 있다.

허나 혁리원의 죽음을 아는 이들이라면…… 결코 그리 단순히 느껴지지는 않을 것이다.

혁련휘가 가만히 서 있는 천위극을 지나쳐 양쪽으로 도

열한 무리의 가운데를 걸었다.

그리고 그 뒤를 환야가 빠르게 뒤쫓았다.

몇 걸음 걸어가며 모두의 시선을 집중시킨 혁련휘가 입을 열었다.

"마침 칠대천의 천 가주가 소교주에 대한 이야기를 꺼냈으니 나 또한 본론으로 들어가지. 오늘 이렇게 모두에게 소집령을 내린 이유는…… 바로 내 동생 때문이다."

소교주 때문에 소집령을 내렸다는 말에 혁리원이 어찌되었는지를 아는 이들은 놀란 속내를 달래야만 했다.

그런 이들 사이에서 혁련휘가 말을 이었다.

"혁리원, 마교의 소교주이자 나의 하나뿐인 동생."

혁련휘가 갑자기 몸을 돌려 뒤편에 서 있는 천위극을 바라봤다.

천위극을 노려보며 혁련휘가 차갑게 말했다.

"마교 내에서 죽었다는 말도 안 되는 소문까지 도는데 이런 분위기 정리해야지?"

"그러지요. 제가 책임지고 그런 말도 안 되는 소문을 퍼트리는 놈들을……."

"아니, 그렇게 말고. 더 확실한 방법이 하나 있잖아."

"확실한 방법이요?"

되묻는 천위극.

그를 향해 혁련휘가 입을 열었다.

"그 아이를 찾아와."

그 한마디에 천위극의 눈동자가 흔들렸다.

혁련휘가 뭔가 수를 쓰려는 건 알았지만…… 이런 식으로 나올 거라곤 상상도 하지 못했다.

찾아오라니, 어찌 혁리원을 찾아올 수 있단 말인가.

그가 죽었다는 걸 잘 알고 있는 천위극이다.

그리고 혁련휘가 그 사실을 안다는 것도 알았다.

당연히 증거를 찾고 난 이후에 움직일 거라 생각했다. 그 랬기에 자신이 있었다. 그 증거라는 것, 결코 찾을 수 없다 자부했으니까.

헌데 그건 착오였다.

혁련휘는 오히려 혁리원의 죽음을 모르는 척하며 자신에게 떠민 것이다.

죽은 그를 찾아오는 게 불가능하다는 걸 뻔히 아는 자신에게.

일순 머리가 멍해져 왔다. 생각지도 못한 혁련휘의 그 한마디에 뒷머리를 커다란 쇠몽둥이로 맞은 것 같은 충격에 싸였다.

아무런 말도 하지 못하는 천위극에게 다가온 혁련휘가 그의 어깨에 손을 올렸다.

그러고는 중얼거리는 듯이, 하지만 이곳 대전에 모인 모두가 들을 수 있는 크기의 목소리로 말을 이어 나갔다.

"칠대천이나 되는 작자들이 그게 불가능하다 말하고 싶은 건가? 아니면 정말로…… 찾을 수 없는 이유가 있는 건가."

혁련휘의 뼈 있는 한마디에 천위극은 입술을 깨물었다.

'소교주의 일을 이런 식으로 우리의 발목을 잡는 데 이용할 줄이야…….'

여기서 자기들이 못 하겠다 나설 수 없는 건 당연했다.

그건 자신들의 무능을 증명하는 것이기도 했고, 다른 한편으로는 스스로 찾을 수 없는 이유가 있다는 걸 말하는 꼴이 될 수도 있으니까.

그렇기에 한 치 앞에 있는 것이 떨어지면 죽을 수밖에 없는 천 길 낭떠러지라는 건 알지만…… 갈 수밖에 없다.

천위극이 고개를 끄덕였다.

"……묵룡천가 가주 천위극, 대공자님의 명을 받들지요."

"좋아, 그럼 소교주의 일은 그대에게 맡기지."

말을 마친 혁련휘가 그의 어깨에 올린 손에 천천히 힘을 불어 넣었다. 혁련휘는 그대로 그의 어깨뼈를 강하게 내리눌렀다.

두두둑.

기괴한 소리와 함께 어깨가 으스러지듯이 변했지만 당사자인 천위극은 무표정한 얼굴로 혁련휘를 바라만 볼 뿐이었다.

그가 입을 열었다.

"실망시켜 드리지 않지요. 반드시 소교주님을 찾아, 대공자님의 앞에 모셔다 드리지요."

"기대하지."

대꾸하는 혁련휘와 그런 그를 노려보는 천위극.

두 사람의 시선이 허공에서 얽혀 들었다.

＊　　　＊　　　＊

대공자 혁련휘의 소집령이 끝나기 무섭게 천화전에 모였던 일련의 무리들이 한곳에 자리했다. 그들은 다름 아닌 혁련휘의 반대편에 서 있는 네 명의 칠대천의 수장들이었다.

천위극을 중심으로 하여 주석인과 백천기, 그리고 하약란까지.

모여든 네 명의 표정은 하나같이 그리 좋지 못했다. 방금 전에 있었던 혁련휘와의 대담 때문이었다.

백천기와 하약란과는 달리 천위극과 엇비슷한 세력을 지

니고 있는 혈뢰주가의 수장인 주석인은 다소 화가 난 목소리로 그를 몰아붙였다.

"대체 무슨 생각이십니까! 천 가주!"

가뜩이나 혁련휘에게 밀린 듯한 기분이 들어 무척이나 심기가 어지럽던 천위극이다. 그가 퉁명스레 주석인의 말을 받아쳤다.

"뭘 말하는 겁니까, 주 가주."

"소교주를 찾아오겠다니요? 어찌 그런 약속을 하신단 말입니까."

"그 상황에 그럼 다른 더 좋은 대답이 있다면 어디 나에게 가르쳐 주시오. 못 하겠다고 두 손 털며 우리의 무능함을 보여 주거나, 모두에게 우리가 소교주의 실종과 관련이 있다 말하라는 거요?"

천위극의 목소리엔 짜증이 묻어 나왔다.

'대공자 앞에서는 쥐 죽은 듯이 있던 놈이 인제 와서 떠들어 대긴.'

얼마 전에 말실수 한 번 했다가 혁무조에게 된통 당했던 주석인이다. 그래서인지 그는 혁련휘와의 만남에서 거의 입을 닫은 채로 상황이 흘러가는 걸 방관만 하고 있었다.

그랬던 그가 인제 와서 탓하는 듯한 말투로 자신을 몰아붙이자 짜증이 날 수밖에 없었다.

"그걸 몰라서 하는 말이 아니지 않습니까. 그래도 뭔가 다른 방도를 찾아야지 그냥 그 자리에서 덥석 받아들이시면 대체 그 뒷감당을 어찌하시려고……."

"주 가주님, 그만하시지요."

주석인을 말린 건 백화방의 하약란이었다. 그런 그녀의 행동에 그가 헛기침을 하며 잠시 말을 멈춘 사이, 하약란이 천위극을 향해 말했다.

"천 가주님께서 아무리 상황이 좋지 않다 한들 생각 없이 그 같은 대답을 하셨다고 생각지는 않습니다. 뭔가 생각해 두신 대안이 있으신 건 아닌지요?"

하약란의 질문에 침통한 표정을 짓고 있던 주석인과 백천기가 눈을 빛내며 천위극을 바라봤다.

그런 그들의 시선을 받으며 천위극은 잠시 자신의 수염을 어루만졌다.

하약란, 그녀의 말대로였다.

천위극이 입을 열었다.

"생각해 둔 것이 있네."

하약란을 향한 천위극의 대답이 떨어지자 그제야 주석인이 안도의 한숨을 내쉬며 갑자기 친근해진 어투로 말을 걸었다.

"방법이 있으시면 미리 말씀을 하셨어야지요. 괜히 언성을 높인 꼴이 되지 않았습니까."

"……그러기도 전에 버럭 화부터 내지 않으셨습니까."

"이런, 그리 생각하셨다면 죄송할 뿐입니다. 그저 걱정
이 돼서 다소 목소리가 높아졌던 것이니 이해하시지요."

너털웃음을 터트리며 말을 걸어오는 주석인을 보며 천위
극은 속으로는 이를 갈았지만 겉으론 전혀 그런 내색 없이
고개를 끄덕였다.

그런 천위극을 향해 주석인이 물었다.

"그 방법이 뭔지 물어도 되겠습니까?"

"자세한 건 추후에 준비가 되면 말씀드리지요. 최후의
계책인 그 방법을 쓰기 전에 일이 정리될 수 있다면 그게
최선일 터이니 말입니다."

천위극이 귀찮다는 듯이 말을 잘랐다.

내심 천위극이 생각해 둔 수가 뭔지 궁금했지만 주석인
은 그걸 캐묻지 않았다.

천위극이라는 인물이 결코 허언을 내뱉을 인물이 아니라
는 걸 잘 알았기에.

백천기가 중얼거렸다.

"그나저나 큰일입니다. 생각보다 쉽지 않아 보이는 성격
이던데. 칼처럼 단호하고 뭔가 주도권을 놓치지 않는 게 흡
사……."

절대 물러서지 않고 쉴 틈도 없이 몰아붙여 결국은 모든 걸 가지고야 마는 그 패도적인 성격.

상황을 자신에게 유리하게 만들어 제대로 된 대꾸조차 하지 못하게 만들어 버리는 그 유려한 화법이나, 핵심을 놓지 않고 파고드는 날카로움까지 지녔다.

그리고 이곳에 모인 이들은 그런 특징을 지닌 또 다른 한 명을 너무나 잘 알고 있었다.

교주 혁무조, 바로 그다.

그런 그의 행동에 칠대천의 수장들은 언제나 쩔쩔맸고 눈치를 봐야만 했다.

백천기가 끝까지 말을 잇지 않았음에도 불구하고 이곳에 모인 모두는 같은 이를 떠올리고 있었다.

그 정도로 둘은 닮은 구석이 많았다.

천위극은 생각했다.

'놈이 더 크게 놔둬서는 아니 된다.'

혁무조를 닮았다는 것, 그것만으로 혁련휘는 경계 대상이 될 수밖에 없었다.

마음 같아서야 살수를 보내 죽이고 싶었지만 그 또한 쉬운 일은 아니다.

소교주를 그리 제거했기 때문이다.

소교주에 이어 대공자까지 같은 수를 쓴다는 건 주변의

의심을 더욱 증폭시키는 위험부담이 큰 선택이었다.

더군다나 대공자의 실력이 무척이나 뛰어나다는 사실 또한 알고 있는 천위극이다. 그런 그를 죽이기 위해서는 생각보다 훨씬 강한 고수가 필요했다.

천하를 뒤흔들 수 있는 그런 고수가.

그랬기에 혁련휘를 암살하는 건 최후의 선택이 될 수밖에 없었다.

그나마 다행인 것은 아직 혁련휘의 능력이 천하를 뒤흔들었던 혁무조의 수준에 이르지 못했다는 것과 그를 따르는 이들이 아직 자신들의 세력엔 한참은 못 미친다는 부분이다.

물론 혁련휘가 당시의 혁무조의 수준에 이르렀는지, 그렇지 못했는지는 천위극 개인적인 판단이었지만 말이다.

칠대천이 꿈꾸던 모든 것들.

그것이 이루어지기 위해선…….

'교주, 대체 언제까지 버티실 생각이시오.'

죽었어야 했다.

죽어도 수년 전에는 죽었어야 옳다.

그런데도 불구하고 아직까지 생명을 유지하고 있는 혁무조.

그가 있기에 칠대천은 조심스러울 수밖에 없었다.

이빨 빠진 호랑이. 허나 이빨이 없음에도 불구하고 뭐든 물어뜯는 강맹함을 지녔다.

천위극의 시선이 걱정스럽게 이야기를 펼치는 세 사람에게로 향했다.

소교주를 찾아오라고 했던 혁련휘의 말이 머리를 채운다.

분명 생각지도 못한 말이긴 했지만…….

혁련휘의 강한 아귀힘에 눌려 아직까지도 시큰거리는 어깨를 어루만지며 천위극이 눈을 빛냈다.

'제법 머리는 썼다만…… 나 또한 방법은 있소이다, 대공자.'

혁련휘가 만든 함정, 그렇지만 그 함정에서 빠져나갈 계책 또한 천위극은 준비하고 있었다.

*　　　*　　　*

"으아, 힘들다!"

버럭 소리를 지르는 건 다름 아닌 부의민이었다. 다섯 명의 일행들이 소집령을 끝마치고 돌아가는 길은 무척이나 어두웠다.

부의민은 자신의 뭉친 어깨를 손으로 주물러 댔다.

그런 그의 뒤편에 있던 환야가 어처구니없다는 식으로 말했다.

"아니 네가 한 게 뭐가 있다고 힘들다 난리야? 내가 다 했는데?"

혁련휘의 뒤를 그림자처럼 쫓아다니며 쉴 없이 주변을 경계하던 환야다.

나머지 일행들은 그저 마혈적가 가주 적인호의 뒤편에 서서 소집령 내내 가만히 서 있기만 했을 뿐이다.

그런 환야의 핀잔에 부의민이 혀를 차며 말했다.

"뭘 모르네. 우리도 눈에 힘 잔뜩 주고 반대편 놈들이랑 눈싸움 벌였거든?"

양측으로 나뉜 채로 대치한 구도이다 보니 자연스레 반대편에 있는 이들과 눈싸움을 벌이는 모양새가 되었던 부의민이다.

지지 않겠다는 듯이 하도 눈을 부라린 탓에 눈동자가 붉게 충혈까지 될 정도였다.

아픈 눈을 비벼 대던 부의민이 갑자기 생각난 듯이 말했다.

"잔뜩 긴장한 채 서 있다가 나왔는데 다들 가볍게 몸들 푸는 건 어때?"

"몸을 풀다뇨?"

비설이 궁금하다는 듯 물었을 때다.

부의민이 가볍게 손목을 꺾어 술을 마시는 시늉을 해 보이며 능글맞게 웃었다.

"흐흐. 이거 있잖아, 이거."

"술이요?"

눈을 동그랗게 뜬 채로 술을 마시는 거냐고 묻는 비설을 향해 부의민이 고개를 끄덕거렸다. 그가 신명이 난 목소리로 말을 이었다.

"오늘같이 큰일이 있던 날에는 술 한잔하는 게 피로 회복에 최고지. 거기다가……."

말을 하던 부의민이 뭔가 음흉하니 웃으며 작게 말을 이었다.

"그리고 사내끼리만 뭉쳐 다니는 거 징글맞지 않냐? 좀 어여쁜 여인 분들한테도 술 한 잔 받고 하면 얼마나 좋아. 분위기도 완전 다를 테고 말이야. 안 그래?"

"지금 기루라도 가자는 거야?"

환야가 당황스러운 얼굴로 묻자 부의민이 고개를 끄덕이며 말을 이었다.

"전에 네가 기녀들 괜찮은 기루 알아보라고 했었잖아. 그래서 내가 알아봤는데 여기 가까운 곳에 화화루라고 있는데 거기가 기녀들이 아주……."

"어허, 어디 그런 천박한 말을."

환야는 자신이 기루를 알아보라고 했다는 말에 당황한 듯 부의민의 입을 틀어막으며 대화를 막았다. 그의 시선이 당연스럽게 혁련휘의 옆에 서 있는 비설에게로 향했다.

비설이 여인이라는 걸 모르는 부의민은 아무렇지 않게 말을 내뱉고 있었지만 그 사실을 아는 환야로서는 당황스럽기 그지없었다.

하필이면 기루 이야기를 꺼내도 비설이 있는 지금 꺼내다니!

'이 망할 자식이.'

식은땀을 흘리며 부의민의 입을 틀어막았지만, 비설은 눈을 가늘게 뜬 채로 부의민과 환야를 바라보고 있었다.

그런 시선에 환야가 어색하니 입을 틀어막았던 손을 떼며 웃음을 터트렸다.

"하핫! 갑자기 무슨 기루 타령이야. 그냥……."

"네가 알아보라면서. 안 어울리게 갑자기 왜 부끄러운 척이래? 사내밖에 없는데 이런 말 하는 게 뭐 어때서? 그냥 가서 누님들에게 술 한 잔 받으며 인생 이야기도 하고, 맛있는 음식도 먹으면서 뭉친 피로도 풀고 말이야. 키야, 좋다."

상상만 해도 좋은지 싱글벙글 웃으며 말하는 부의민을

보며 환야는 이를 갈았다.

이 눈치 없는 놈 때문에 자신을 향한 비설의 시선이 뭔가 더 묘하게 변한다는 걸 느끼며 환야가 서둘러 말했다.

"됐으니까 너나 가라고. 난 그런 데 관심 없으니까."

"야! 혼자 가면 무슨 재미야. 이런 건 다 같이 가야 재미 있지. 더군다나 네가 부탁했던 대로 몸매 죽여주는 기녀분들이 있는 곳으로 알아 왔으니……."

"에라이, 짐승 같은 놈아!"

손으로 이마를 팍 때리고 환야가 황급히 비설의 시선을 피하며 도망치듯 뛰어갔다.

갑작스러운 환야의 행동에 부의민은 그가 때린 자신의 이마를 어루만지며 어안이 벙벙한 표정을 지어 보였다.

"뭐야? 어제까지만 해도 좋은 기루 알아보라고 떠들어대더니 막상 가자니까 갑자기 왜 샌님 행세야."

이해가 안 간다는 듯이 중얼거리는 그의 옆을 막 비설이 스쳐 지나갔다. 그러자 부의민이 황급히 그녀의 팔목을 잡아챘다.

"야, 저놈은 안 간다는데 우리라도 가자고."

비설은 기루에 가자며 자신을 붙잡는 부의민을 복잡한 얼굴로 바라봤다.

숨기려고 하는 건 아닌데 이상하게 그에게만은 아직도

여인이라는 사실을 알리지 못했다. 언젠가 기회가 나면 해야지 하면서도 이상하게 그럴 만한 뭔가가 없었다.

비설이 슬그머니 입을 열었다.

"저도 기루는 좀……."

"이 녀석은 안 돼."

불쑥 몸을 들이민 혁련휘가 비설의 손목을 낚아채며 말했다.

갑작스럽게 비설의 손을 빼앗듯이 당겨서 가져가는 혁련휘의 행동에 부의민이 당황했다. 허전해진 자신의 손바닥을 몇 차례 쥐었다 폈다를 반복하던 부의민이 혹시나 하는 얼굴로 물었다.

"혹시 둘 다 안 가려고?"

"응, 그러니까 가려면 우린 빼고 가."

"아니, 대체 왜?"

부의민이 도통 이해가 안 간다는 듯 캐물었다.

그렇지만 대답을 할 생각이 없었는지 혁련휘는 그대로 비설의 손을 잡은 채로 휙 하니 그를 지나쳐 가 버렸다.

멀어져 가는 두 사람의 뒷모습을 바라보던 부의민이 중얼거렸다.

"어휴, 다들 왜 저래?"

이해가 안 간다는 듯한 부의민의 얼굴, 허나 이내 그가 알았다는 듯이 의미심장한 미소를 지으며 중얼거렸다.

"하핫! 하여튼 부끄럼들은 많아 가지고. 자식들, 나중에 내가 사내로서 모범을 좀 보여 줘야겠구만."

완전히 잘못된 길로 가고 있다는 걸 모르는 부의민이 호방하게 하늘을 바라보며 웃음을 터트렸다.

그렇게 웃고 있던 부의민의 옆으로 다가온 달치가 그의 옆구리를 쿡쿡 찔렀다.

그런 달치의 행동에 부의민이 웃음을 멈추고 그에게로 시선을 돌렸을 때다.

달치가 두 눈을 빛내며 말했다.

"달치 간다. 맛있는 거 있다. 그러니 달치는 간다."

신이 난 목소리로 말하는 달치의 모습에 부의민이 당황한 듯 자신과 그를 번갈아 가리키며 물었다.

"그러니까 지금 우리 둘이 기루에 가자고?"

부의민의 질문에 달치가 힘 있게 고개를 끄덕였다. 그리고 그런 달치를 바라보던 부의민이 짧게 한숨을 내쉬었다.

기루가 뭔지도 모르는 달치와 함께 그런 곳에 갔다가 무슨 일이 생길지…….

부의민이 단호하게 말했다.

"그냥 둘이서 밥이나 먹자."

5장. 하루

— 지금 바로 움직이죠

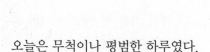

　오늘은 무척이나 평범한 하루였다.

　일찍 일어난 비설은 방 안에서 운기조식을 하고 있는 혁
련휘의 옆을 지켰다. 그리고 그의 운기조식이 끝나는 걸 기
다렸다가 함께 식사까지 했다.

　그러고는 이내 뭔가를 하기 위해 환야와 함께 나가는 혁
련휘를 배웅한 비설은 곧바로 한쪽에 위치한 연무장으로
향했다.

　넓은 장소에 홀로 선 비설은 눈을 감았다.

　눈을 감고 있었거늘 주변의 모든 것들이 피부에 와 닿는
다.

밀려오는 바람이, 내리쬐는 햇볕이 그녀의 수많은 감각들을 불러일으킨다.

감고 있는 그녀의 눈꺼풀 건너로 수많은 적들의 모습이 가상으로 만들어진다.

비설이 양손을 뒤편으로 밀어냈다.

그리고 손가락 끝에 걸리는 자미쌍검의 감촉.

비설의 손가락을 타고 두 자루의 검이 부드럽게, 흡사 물처럼 흘러내린다.

스르르릉.

귀에 들려오는 기분 좋은 소리.

동시에 뻗어져 나온 두 개의 검을 쥔 채로 비설의 몸이 움직였다.

휘익!

여전히 눈을 감은 채로 비설이 날아올랐다.

그녀의 검이 아름다운 검무처럼 사방으로 흩날렸다. 두 자루의 검이 수십 개의 잔상을 만들어 냈고, 이내 비설의 머릿속에서만 그려지던 가상의 존재들이 순식간에 무너져 내렸다.

실전을 방불케 하는 긴 검무가 끝나고 비설이 천천히 눈을 떴다.

추운 날씨임에도 불구하고 격한 움직임 때문인지 볼을

타고 땀이 흘러내렸다.

검무를 끝마친 그녀가 긴 호흡을 내뱉으며 자미쌍검을 검집으로 밀어 넣었다. 그와 동시에 그녀의 입이 열렸다.

"말하시죠."

허공에 대고 내뱉는 그 한마디.

그렇지만 그녀의 감각은 틀리지 않았다.

비설의 그 말과 함께 새카만 인영 하나가 툭 하고 떨어져 내렸다. 비설은 그런 정체불명의 상대를 가만히 응시했다.

복면을 뒤집어쓴 존재가 비설을 향해 포권을 취하고는 입을 열었다.

"북쪽에서 왔습니다."

북쪽에서 왔다. 그 말은 곧 북천회를 뜻하는 것이었다.

비설이 미리 예상하고 있었는지 그리 놀라지 않고 고개를 끄덕이며 그자의 다음 말을 기다렸다.

그런 그녀를 향해 복면인이 말했다.

"임무를 전하러 왔습니다."

비설의 평범했던 하루가, 바뀌고 있었다.

연무장 한편에 자리를 잡은 비설은 갑작스레 자신을 찾아온 복면인과 마주하고 있었다. 임무라는 말에 그녀는 혹시나 했지만……

"물건 회수 건은 아닙니다."

복면인의 대답에 비설은 안도의 한숨을 내쉬었다.

마지막 삼천기인 백화보검은 쉬이 훔칠 수 있는 게 아니다.

거기다가 그것까지 손에 넣는다면 자신에게 또 다른 임무가 내려질 수도 있다.

그 말은 곧 혁련휘를 떠나야 할지도 모른다는 말.

그랬기에 내심 걱정했지만 다행히도 그건 아니었던 모양이다.

한결 편안한 표정으로 비설이 물었다.

"그럼 제가 해야 할 일이 뭐죠?"

물어 오는 비설을 향해 복면인이 조심스럽게 대답했다.

"변절자의 처단입니다."

"변절자라면 누구를 말하는 거죠?"

생각지도 못한 명령에 비설이 되물었을 때다. 그자가 말했다.

"금봉도가(金鳳刀家) 가주 석리환입니다."

대상을 들은 비설이 움찔했다.

어찌 그를 모르겠는가. 금봉도가는 정파에 소속된 가문이었다. 하지만 오래전에 있었던 정사대전에서 그들은 정파를 배신했다.

그리고 그 배신으로 인해 정파는 자신들의 세력권이던 호남의 절반 이상을 빼앗겼다.

생각지도 못한 커다란 피해를 입은 정파의 기세가 많이 기울기 시작한 것도 바로 그 전투를 기점으로 해서였다.

그랬기에 오래전부터 사파 쪽과 거래를 한 금봉도가의 가주인 석리환은 북천회의 공공연한 적이긴 했지만······.

"여태까지 그냥 놔뒀잖아요. 인제 와서 건드리려는 이유는 뭐죠?"

비설이 궁금한 것은 그것이었다.

죽이려고 했다면 기회는 분명 있었다.

그렇지만 여태까지 북천회는 그를 건드리지 않았다. 그를 죽인다면 당연히 정파 쪽의 남은 자들이 의심을 받을 것이고, 지금 같은 상황에 굳이 그런 긁어 부스럼을 만들 필요는 없다 여겼었기 때문이다.

비설의 질문에 복면인이 고개를 저었다.

"그것까지는 저도 잘 모르겠습니다. 다만 북천회 내부의 분위기가 슬슬 거사의 때가 왔다 여기는 것 같더군요."

말을 하는 복면인의 말투는 조심스러웠다.

그의 입장에서 비설은 우러러보는 대상일 수밖에 없었으니까.

북천회의 자랑이자, 정파의 수많은 기인이사들의 유지를

받은 인물이 바로 비설이었다.

그런 그녀를 마주한다는 것만으로도 복면인에게는 사실 무척이나 떨리는 일이었다.

존경 가득한 눈동자가 복면 안에서 빛나고 있었다.

그렇게 복면인이 비설을 바라보고 있는 사이 그녀가 물었다.

"그런데 석리환이라면 자신의 본거지인 호남에 숨어 있지 않았나요? 설마 저보고 지금 그곳까지 가라는 명령은 아니죠?"

"물론입니다. 마침 석리환이 자신의 수하들을 이끌고 이곳 마교로 오고 있다는 첩보를 받았기에 이 같은 명령이 내려온 겁니다."

"그래요?"

"예, 위쪽에서는 그가 마교로 들어오기 전에 처단하기를 바라십니다."

복면인의 말에 비설은 고개를 끄덕거렸다.

사실 마교로 들어온 이후 그를 제거한다는 것 자체가 더 큰 위험을 부담해야 하는 것이니 그 전에 처리하는 게 낫다 여겼기 때문이다.

복면인이 품 안에 있는 서찰을 꺼내 비설에게 건넸다.

서찰을 건네받은 그녀가 그것을 펼쳐 안의 내용을 살펴

보며 중얼거렸다.

"그들의 예상 경로군요."

서찰에는 지도가 세세하게 그려져 있었다.

빼곡하게 그려져 있는 그림 위로 그어져 있는 몇 가닥의 선들.

그것이 석리환과 그의 수하들이 움직이고 있는 길이라는 걸 비설은 단번에 알아차렸다.

그런 비설의 말에 복면인이 곧바로 답했다.

"예, 그중에 확실한 장소는 바로 붉은색으로 원이 그려져 있는 바로 그곳입니다."

복면인의 말에 비설의 시선이 자연스레 한곳으로 향했다. 서찰에 새겨져 있는 붉은색 원.

그곳은 다름 아닌 송백산장(松柏山莊)이라는 장소였다.

일정 수준 이상의 무인들이라고 할지언정 마교에서부터 이틀 이상을 죽어라 움직여야 도달할 정도의 거리에 위치한 산장이다.

그렇지만…….

'하루, 하루면 돼.'

가는 데 하루, 그리고 돌아오는 데 하루. 거기다 혹시 모를 지체되는 시간까지 계산한다면 최대 사흘 정도의 시간이 소요될 것이다.

비설이 지도가 그려져 있는 서찰을 내밀며 빠르게 물었다.

"그자는 어디까지 왔죠?"

비설의 물음에 그가 서찰에 그려진 지도 한편을 가리키며 말했다.

"정확한 위치는 얼추 파악해야겠지만 이틀 전에 이쯤 왔다고 들었습니다."

"……시간이 빡빡하네요."

그들이 예상보다 조금이라도 더 바삐 움직인다면 어긋날지도 모르는 상황. 비설은 더는 머뭇거릴 틈이 없었다.

"상부에 보고해 주세요."

그녀가 지도가 그려진 서찰을 품에 넣고는 말을 이었다.

"지금 바로 움직이겠다고요."

연무장을 빠져나온 비설은 곧바로 자신들의 거점으로 움직였다.

혹시나 하는 마음으로 돌아왔던 그녀였지만 예상대로 혁련휘는 없었다.

빈방을 확인한 비설의 시선이 이내 마당 한편에서 목검을 든 채로 알 수 없는 훈련을 하고 있는 부의민에게로 향했다.

땀을 흘리며 무공 훈련에 열중이던 부의민에게 다가간 비설이 물었다.

"저기 혹시 형님 안 돌아오셨어요?"

"어, 아까 나간 이후에 코빼기도 못 봤다."

무공에 워낙 열중한 탓에 부의민이 심드렁하니 말했다.

그런 그에게 비설이 재차 물었다.

"혹시 언제 돌아오시는지, 어디에 가셨는지도 모르고요?"

"그런 걸 말하고 다니는 녀석이 아니잖아. 환야가 점심은 알아서들 먹으라 했으니 최소한 그 이후에 오겠지?"

"그래요? 하아, 그럼 곤란한데."

비설의 중얼거림에 슬쩍 곁눈질을 하며 부의민이 물었다.

"뭐가?"

"아, 저기 그게 잠시 다녀올 데가 있는데……."

타악!

부의민의 목검이 떨어져 내리는 나뭇잎을 향해 쏘아졌다. 그리고 이내 그 나뭇잎은 수십 개로 잘리며 사방으로 퍼져 나갔다.

허나 뭔가 맘에 안 드는지 부의민은 미간을 찡그렸다.

그가 그 상태로 재차 말했다.

"다녀올 데 있으면 다녀오면 되잖아."

"그게 시간이 좀 걸릴 것 같아서요."

"얼마나?"

"한…… 이삼일 정도요."

"그래? 알았어. 전해 줄게 다녀와."

부의민이 대수롭지 않게 대구하면서 다시금 목검을 강하게 움켜잡았다.

그런 그의 모습을 가만히 바라보던 비설이 이내 미련이 남는지 고개를 돌려 비어 있는 혁련휘의 방을 바라봤다.

'어떻게든 뵙고 가고 싶었는데…….'

그렇게 멍하니 서 있는 비설을 봤는지 부의민이 물었다.

"뭐해? 간다면서."

"형님을 뵙고 가고 싶었는데 아쉬워서요."

"참내, 이삼일 떨어져 있는 것 가지고 너도 참 유별나다 유별나."

"……그렇죠?"

비설이 웃으며 말했다.

자신 또한 잘 모르겠다.

이삼일이라는 길지 않은 시간 떨어져 있는 것임에도 불구하고 그의 얼굴을 한 번이라도 더 보고 싶은 이 마음의 정체를.

비설은 아쉬운 마음을 애써 털어 내며 다시금 무공에 열중하고 있는 부의민에게 말했다.

"그럼 전 잠시 다녀올 테니 형님한테 말씀 좀 잘 전해 줘요."

"알았으니까 좀 가 인마."

귀찮다는 듯이 말을 내뱉는 부의민, 그리고 그런 그를 더 방해할 생각이 없었던 비설이었기에 짧게 말을 건넸다.

"그럼 수고하세요, 아저씨."

말을 마친 비설이 몸을 돌렸다.

그녀는 곧바로 정문이 아닌 뒤편에 있는 자그마한 쪽문으로 움직였다.

그리고 비설이 그쪽으로 향하는 걸 보며 부의민이 작게 고개를 저으며 중얼거렸다.

"저쪽으로 가면 삥 돌아가야 되는데 왜 절로 간데."

이해가 안 된다는 표정도 잠시, 부의민은 다시금 자신의 무공 훈련에 빠져들기 시작했다.

그렇게 부의민과의 만남이 있기 얼마 전, 비설이 모르는 또 하나의 일이 벌어지고 있었다.

비설과 복면인이 만났다가 헤어진 바로 그 연무장에서.

놀랍게도 연무장의 바깥에 누군가가 몸을 감추고 있었던

것이다.

그리고 그자의 정체는 다름 아닌 우치였다.

거구의 몸집으로 신기하게도 나무 뒤에 완벽히 숨어 있던 그가 비설이 연무장을 나가는 그 순간 슬쩍 모습을 드러냈다.

우치의 시선이 향하는 건 거처로 돌아가던 비설이 아니었다.

'저놈은 또 뭐지?'

우치가 바라보고 있는 건 비설과는 반대편으로 은밀하니 움직이는 복면인이었다. 최대한 기척을 감춘 채로 이곳을 빠져나가려 하고는 있었지만 그 정도로 우치를 속일 순 없었다.

비설의 뒷조사를 시작한 우치는 아직까지 별다른 정보를 얻지 못하고 있었다.

그런 사실에 내심 답답했는데…… 지금 이 비밀 만남을 목격한 것이다.

비설에게 들키지 않기 위해 워낙 멀리에 있었던 탓에 대화를 듣지는 못했다.

그렇지만…….

멀어져 가는 복면인을 바라보던 우치의 입가에 미소가 걸렸다.

비설의 뒤를 쫓는 건 불가능했다.

기척을 죽인 채로 가만히 있는 것이라면 몰라도 뒤를 쫓다가는 결국 들통이 날 거라는 걸 우치는 알았다.

믿기 어렵지만 그 정도의 실력자였으니까.

허나 저자는 아니다.

저 복면인을 속이고 뒤를 쫓는 건 우치에겐 일도 아니었다.

비설과 관련이 있는 자. 저자의 뒤를 캐다 보면 아직까지도 정보가 전무한 비설이라는 인물에 대해 알아낼 수도 있으리라.

생각이 거기까지 미치자 더는 망설일 이유가 없었다.

우치의 거구가 움직였다.

투욱!

뱃살이 출렁거리는 몸을 가진 그가 마치 새처럼 하늘로 솟구쳤다.

우치는 적당한 거리를 둔 채로 복면인의 은밀한 움직임을 완벽하게 뒤쫓았다.

'자, 그럼 어디 한번 네놈의 진짜 모습을 구경해 볼까나.'

비설의 비밀에 대해 한 발자국 다가간 느낌이 들어 우치의 얼굴엔 기분 좋은 미소가 걸렸다.

                        *   *   *

비설이 임무를 위해 사라진 지 약 반나절이 지났을 때였
다.

용무를 끝마친 혁련휘가 환야를 대동한 채로 거점에 모
습을 드러냈다.

그리고 그때까지도 부의민은 무공 훈련에 한창이었다.

혁련휘가 문턱 부분에 걸터앉고는 그런 부의민을 바라보
며 말했다.

"요즘 열심이군."

"생각보다 악바리더라고요."

"실력도 예전보다 많이 는 것 같고."

"하하, 그건 제 덕이죠. 제 훌륭한 가르침이 빛을 발했다
고 해야 맞겠죠."

환야는 곧바로 자화자찬을 쏟아 내기 시작했다.

그런 환야의 행동에 혁련휘는 관심 없다는 듯 무표정한
얼굴로 힐끔 열려 있는 문을 통해 방 안을 살폈다.

기척이 없어 이미 알고는 있었지만…… 비설이 보이지
않았다.

그녀가 마교를 나갔다는 사실을 모르는 혁련휘였기에 슬

쩍 하늘을 올려다봤다.

겨울이 다 되면서 밤이 길어졌다.

저녁 시간이 된 지 얼마 되지 않아 이미 주변은 온통 새카만 어둠으로 물들어 있었다.

그래서인지 혁련휘가 살짝 표정을 찡그렸다.

'이렇게 늦게까지 어딜 쏘다니는 거야?'

자하도에서 나온 우치의 표적이 된 지금 웬만해서는 혼자 외출하는 것도 자제하라고 했거늘 그새를 못 참고 어딘가를 또 나간 모양이다.

그렇게 잠시 문턱에 앉은 채로 말없이 부의민의 긴 훈련을 바라봤고, 이내 이각 가까이 더 몸을 풀던 그가 땀을 닦으며 다가왔다.

"왔네?"

겨울임에도 불구하고 흐르는 땀을 닦아 내는 부의민을 향해 환야가 가볍게 손을 저어 보일 때였다. 지척까지 다가온 부의민이 옆에 앉으며 물었다.

"나간 일은 잘 끝냈고?"

"뭐 그럭저럭."

환야의 대답에 부의민이 뭔가 더 말을 이으려 할 때였다.

대답은 입이 아닌 배에서 흘러나왔다.

꼬르륵.

갑자기 들려온 소리에 부의민이 어색하니 배를 움켜쥔 채로 웃었다.

"하루 종일 정신없이 훈련하느라 점심 먹는 것도 깜빡했네."

"뭐야? 지금 열심히 했다는 걸 생색내는 거야?"

"네 가르침 덕분에 많이 느는 게 아니라, 내가 열심히 해서 이렇게 된 거라는 걸 말하는 거지."

목검을 휘두르는 와중에도 혁련휘와 환야가 아까 전에 나눴던 대화를 들었던 모양이다.

그런 그의 답변에 환야가 피식 웃으며 장난스럽게 말했다.

"하여튼 네 실력이 그 입만큼만 따라가면 걱정이 없을 텐데 말이야."

"네가 뭘 모르나 본데 난 입보다 실력이……."

머리 아프게 떠들어 대는 둘의 대화에 옆에 앉아 있던 혁련휘가 말을 내뱉었다.

"배고프다면서 언제까지 싸워 댈 거야? 밥 안 먹어?"

"아뇨, 먹어야죠."

환야가 황급히 대답했다.

그렇게 두 사람의 말싸움을 멈춘 혁련휘가 이내 명령을 내렸다.

"달치 녀석도 부르고 비설도 어디 있는지 확인해서 데리고 오고."

"예, 대장."

환야가 막 자리에서 일어날 때였다.

여전히 이마에 맺혀 있던 땀을 닦던 부의민이 퍼뜩 기억났다는 듯이 이야기를 꺼냈다.

"비설은 지금 마교에 없을걸?"

대수롭지 않게 뱉었던 한마디, 그렇지만 그 후폭풍은 생각보다 컸다.

아무렇지 않게 기대어 앉아 있던 혁련휘가 갑자기 몸을 일으키며 황급히 물었다.

"그게 무슨 소리야."

"아, 그게 잠시 일이 있어서 마교 바깥에 좀 다녀오겠다고 하고……."

말을 하던 부의민의 목소리가 점점 잦아들었다.

언제나와 같은 무표정한 얼굴, 그렇지만 그 얼굴 한편에 점점 밀려들기 시작한 묘한 감정이 느껴졌기 때문이다.

혁련휘가 급히 물었다.

"어디로 간다는 말은 못 들었어?"

"어, 어어. 못 들었는데."

대답하는 부의민을 바라보는 혁련휘의 얼굴이 일그러졌

다.

마교 내에서 혼자 다녀도 걱정일 판국에 바깥으로 나간다고?

만약 우치가 이 사실을 알고 있다면 최악의 일이 벌어질지도 모른다.

거칠게 머리를 쓸어 올린 혁련휘가 부의민에게 말했다.

"무슨 일인지도 모르고?"

"딱히 들은 건 없고 그냥 나한테 이틀에서 삼 일 정도 걸릴 거니까 걱정 말라는 식으로 너한테 전해 달라고만 하던데."

"이삼일? 그렇게나 자리를 비운다고?"

걱정 말라는 말을 전했거늘, 오히려 그것이 더욱 큰 걱정을 불러일으키고 있었다.

마교 바깥으로 가는 걸로 모자라 이삼일이라니?

다급히 움직인 걸 보면 분명 정파와 관련된 일일 거라는 걸 혁련휘는 알고 있었다. 웬만해서는 그런 비설의 일에 관여하지 않으려 하고 있지만 위험하다면 이야기는 다르다.

비설을 믿지만, 우치 또한 자하도에서 나온 괴물이라는 건 변함없는 사실.

환야가 조심스레 말했다.

"대장, 너무 걱정 마시죠. 비설 실력도 보통이 아니고,

하루 종일 우치가 붙어 있는 것도 아니었을 텐데 비설이 나가는 걸 알아채고 바로 쫓을 수는 없었을 겁니다."

환야의 말이 맞다는 걸 혁련휘도 알고 있었다.

비설 또한 자신이 걱정할 걸 알기에 며칠 걸릴 거라는 것을 굳이 미리 언급했다는 사실도. 그런 사실은 알지만 그렇다고 해서 모든 걱정이 사라지는 건 아니었다.

최소한 그녀가 어디로 가는 지라도 안다면 그나마 걱정이 덜할 터인데…….

생각이 거기까지 미치는 순간이었다.

벌떡.

혁련휘가 자리에서 일어났다.

그러고는 아무런 말도 없이 성큼 어딘가를 향해 그가 걸음을 옮겼다. 그런 혁련휘의 뒤를 환야가 황급히 쫓으며 물었다.

"대장! 갑자기 어딜 가십니까?"

그런 환야의 질문에 혁련휘의 짧은 대답이 날아들었다.

"비파월."

*   *   *

혁련휘는 환야와 부의민을 동반한 채로 빠르게 비파월을

찾았다.

방금 전까지 이곳 비파월에서 시간을 보냈던 혁련휘다.

그랬기에 이곳 마교 내부의 비밀 지부를 맡고 있는 서평은 혁련휘가 돌아온 걸 보고는 당황해서 물었다.

"방금 전에 가서 놓고 왜 벌써……."

"사람을 하나 찾으려고."

"사람이요? 누구를 말씀하시는 겁니까?"

"비설, 누군지 알지?"

"아, 예. 압니다."

서평은 평소보다 더욱 급박하게 물어 오는 혁련휘의 모습이 낯설었는지 슬쩍 당황스러운 어조로 대답했다.

서평이 말을 이었다.

"환영학관 때부터 같이 지냈던 그분을 이야기하는 거 맞지요?"

"맞아. 그 녀석이 잠시 일이 있다면서 마교를 빠져나갔다는데 찾을 수 있겠어?"

"찾을 수야 있죠. 며칠 정도만 주시면……."

"아니, 그렇게 말고. 바로 지금 어디에 있는지 알 수 있겠냐고."

"음, 글쎄요."

참으로 애매한 문제다.

애초에 사람을 붙여 두었던 것도 아니고, 갑자기 사라진 비설이 지금 어디쯤 있는지 알아낸다는 건 생각보다 쉬운 게 아니다.

가장 중요한 건 바로 첫 흔적이다.

그 첫 흔적만 찾는다면 그 이후에는 갈 만한 길을 좁히며 조사해 들어간다.

그렇게 된 이후에야 그리 오래 걸리지 않지만 그 처음이란 게 문제다.

수없이 많은 장소를 뒤진다는 건 쉬운 일이 아니었으니까.

거기다가 만약 그 당사자가 실력자일수록 찾기 어려운 것도 사실이다.

그만큼 흔적을 남기지 않으니까.

서평이 솔직하니 말했다.

"아무런 단서가 없어서 지금 당장엔 힘듭니다."

서평의 대답에 혁련휘가 작게 한숨을 내쉬었다.

혁련휘의 시선이 뒤편에 서 있는 부의민에게로 향했다.

"다른 뭐 들은 건 없었어?"

"끄응, 잠시만."

무공에 열중이었던지라 가볍게 흘려들었던 말이 없었는지 골머리를 굴려 봤지만 딱히 뭔가 떠오르는 건 없었다.

표정을 잔뜩 구기면서까지 머리를 쥐어뜯던 부의민이 이내 말했다.

"없네."

실망스러운 대답을 내놓는 부의민을 향해 환야가 말했다.

"더 쥐어뜯어서라도 뭐라도 좀 생각해 내 봐. 뭔가 이상한 점이나 수상쩍었던 거 뭐 이런 거 없어?"

"그럴 만한 게 있었으면 이미 말을…… 아, 그러고 보니 이상한 게 하나 있네. 그 녀석이 정문이 아닌 쪽문을 통해 바깥으로 나가더라고."

"쪽문?"

되묻는 환야가 황급히 고개를 돌려 혁련휘를 바라봤다. 그리고 둘은 동시에 고개를 끄덕였다.

쪽문으로 향했다는 것에서 비설의 행보에 대한 큰 단서를 생각해 낸 거다.

환야가 짧게 말했다.

"마교의 동문으로 나갔을 겁니다."

혁련휘 또한 마찬가지의 생각을 하고 있었던지라 그가 빠르게 말을 받았다.

"지도를 가져와 봐."

"어떤 지도를 말씀하시는 겁니까?"

"마교 인근의 것들이 자세히 그려진 지도."

명이 떨어지자 서평이 곧바로 서랍을 열고 커다란 종이를 꺼내어 들었다. 그러고는 돌돌 말린 그것을 책상 위에 쭈욱 펼쳤다.

제법 세밀하게 그려져 있는 지도가 책상 위에 쭉 펼쳐졌다.

그리고 이내 혁련휘가 지도의 한편으로 다가갔다.

동문으로 움직였다면 그곳과 연결된 관도로 움직이려고 할 공산이 컸다.

자연스레 혁련휘의 손이 동문을 짚었다.

그가 작게 중얼거렸다.

"이곳에서부터 이삼일이라……. 돌아오는 시간을 잡는다면 하루에서 하루 반 정도의 거리."

중얼거림과 함께 혁련휘가 지도 위로 손가락으로 가볍게 거리를 쟀다.

몇 마디 정도 거리까지 계산한 혁련휘가 이내 동문을 기준으로 하여 갈 만한 길목에 위치한 부근까지 원을 그렸다.

굳이 동문을 통해 움직였다는 것, 그리고 주어진 시간이 그리 길지 않았기에 생각보다 그 범위는 넓지 않았다.

혁련휘가 확신 어린 목소리로 말했다.

"이 안에 목적지가 있어."

허나 그런 혁련휘의 말에 서평은 고개를 갸웃했다. 그가 보기에 이 정도 거리라면 이삼일에 왕복하는 게 불가능하다 여겨졌기 때문이다.

서평이 말했다.

"그 정도 거리라면 왕복으로 사오일은 족히 걸릴 거리인데요? 너무 크게 잡으신 건 아닌지……."

"아니, 이 정도야. 그 녀석이라면 여기까지 생각해야 돼."

혁련휘가 재차 힘을 주어 말하자 돈을 받고 임무를 수행하는 입장의 서평으로서도 더는 할 말이 없었다. 그는 혁련휘가 원을 그린 부근을 바라봤다.

번화된 곳과는 꽤나 떨어진 위치.

뭔가가 빼곡히 적혀 있는 지도임에도 불구하고 그쪽만큼은 산이 많은 부근이라 그런지 다소 한산한 느낌마저 풍겼다.

혁련휘가 원을 그린 부근을 바라보며 서평이 중얼거렸다.

"흐음, 이 부근엔 산장들 몇 개 말고는 딱히 뭐가 없는데……."

산장이라는 말에 혁련휘가 재빠르게 물었다.

"그럼 혹시 그 산장들 중에 정파와 관련된 곳은?"

"당연히 없지요. 이 정도 거리면 마교와 완전 근접한 곳인데 정파와 관련이 있는 산장이 있을 리가 있겠습니까?"

혁련휘 또한 서평의 말이 틀리지 않다는 건 알았다. 그럼에도 불구하고 혁련휘는 확신이 있었다.

지도를 내려다보며 혁련휘가 고민에 잠겼다.

'이 근방이 분명한데.'

가볍게 누군가를 만나러 움직인 건 아닐 거라는 생각이 들었다.

만약 그랬다면 굳이 이렇게까지 멀리 이동할 필요는 없었다.

정파의 인물과 만나야 했다면 그저 마교 바깥의 어딘가에서 조우했어도 될 일.

동쪽과 산장.

그 두 가지를 번갈아 속으로 중얼거리던 혁련휘의 머리에 번뜩하고 뭔가가 스치고 지나갔다.

"서평."

"네, 대공자님."

"이틀 전쯤 혈뢰주가 쪽의 정예 무인들이 손님을 맞이할 일이 있다면서 마교 바깥의 무슨 산장으로 움직였다고 하지 않았던가?"

"예, 그랬죠."

"거기가 어디지?"

"잠시만요."

말을 마친 그가 한쪽에 놔두었던 서찰을 꺼내어 그 안에 적혀 있던 것을 확인하며 말했다.

"송백산장이라는 곳인데 그건 갑자기 왜 물어……."

말을 하던 서평이 갑자기 표정을 굳히며 황급히 지도로 시선을 돌렸다. 그의 변한 표정에서 혁련휘는 확신을 얻을 수 있었다.

"그 송백산장이라는 곳, 내가 그린 원 안에 있는 곳인가?"

혁련휘의 질문에 서평이 천천히 지도로 다가갔다. 그러고는 지도를 내려다보던 그가 그중 한 곳, 혁련휘가 원을 그렸던 바로 그 정중앙 부근에 손가락을 가리키며 말했다.

"바로 여기, 이곳이 송백산장입니다."

혁련휘가 급히 물었다.

"혈뢰주가의 손님이라는 거 누구야?"

"금봉도가의 가주 석리환이라는 자입니다. 그리고 그는…… 정파를 팔아먹고 지금의 권력을 얻은 자이지요."

완벽하다.

시간과 움직인 방향을 통해 유추한 장소.

그리고 비설이 움직여야 할 명분까지 지닌 상대.

대답을 들은 혁련휘가 확신 어린 목소리로 말했다.

"여기군."

혁련휘의 목소리는 차가웠다.

목적지를 알아내면 한결 마음이 편안해지지 않을까 생각했다.

그렇지만 아니었다.

그건 바로 혈뢰주가 때문이었다.

몇몇 인물들만 움직인 것도 아니다.

혈뢰주가의 정예들. 그들이 직접 비설의 목적지로 예상되는 송백산장을 향해 먼저 움직였다.

과연 이게 우연일까?

아니면…….

혁련휘가 버럭 소리쳤다.

"환야!"

"예, 대장."

"잠시 자리를 비워야겠다. 그동안 이곳 마교 내부의 일을 부탁하지."

"얼마나 비우실 생각이십니까?"

물어 오는 환야의 질문.

혁련휘가 고개를 돌려 그를 바라보며 말했다.

"이틀에서 삼 일."

의미심장한 그 한마디에 환야가 피식 웃었다. 굳이 말하
지 않아도 그가 뭘 하려는지 알 수 있었으니까.
　　환야가 혁련휘를 향해 차분하게 대답했다.
　　"다녀오시지요. 이곳은…… 제가 지키고 있을 테니까요."

6장. 송백산장
— 목숨, 거두러 왔습니다

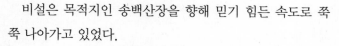

　비설은 목적지인 송백산장을 향해 믿기 힘든 속도로 쭉쭉 나아가고 있었다.

　그 속도는 가히 섬광이라 표현해도 모자람이 없을 정도였다.

　난다 긴다 하는 무인들도 삼 일 가까이 걸릴 거리를 단 하루 만에 주파했으니 말이다.

　송백산장의 초입에 도달한 비설은 모습을 감춘 채로 입구를 올려다봤다.

　산 중턱에 위치한 송백산장은 무척이나 위풍당당한 모습을 자랑하는 커다란 거점이다.

십수 년 전만 해도 그저 지나쳐 가는 길목에 위치한 자그마한 산장에 불과했지만, 그 이후 짧은 시간 동안 엄청날 정도의 성장을 이룬 곳이 바로 이곳 송백산장이다.

마교로 들어가는 한쪽 길목에 위치했다는 장점이 있었던 송백산장은 예로부터 장사 쪽으로 알려진 곳이었다.

그렇게 쌓았던 재물로 그들은 정사대전에도 기여했고, 그 이후에 빠르게 칠대천 중 하나인 혈뢰주가의 아래로 들어가 이토록 세력을 다질 수 있었다.

빠른 속도로 권력을 얻은 송백산장의 주인.

장주 조일평(趙一平)은 무공도 모르는 정말 뼛속까지 돈으로만 움직이는 장사꾼이었다. 그는 결코 손해 보는 일에는 끼지 않았고, 돈이 되는 곳이라면 어디든 찾아가는 인물이었다.

다른 부분에서는 그리 특출하지 않았지만 그 판단력 하나만큼은 인정해야 할 인물.

송백산장에 대해 이미 어느 정도 조사가 끝난 비설이다.

내부의 지형이나 무인들의 숫자, 그 모든 게 이미 그녀의 계산 안에 있었다.

비설이 상대해야 할 건 송백산장이 아니다.

이곳에 찾아온 금봉도가 가주 석리환이 그녀의 목표였다.

아무리 임무라고는 하지만 괜한 피해는 피하고 싶은 비설이었다.

그랬기에 그녀는 북천회에서 처단 명령이 내려온 석리환만을 빠르게 제거하고 빠져나갈 생각이었다.

물론 그게 그리 간단하지는 않겠지만 말이다.

'들었던 것보다 훨씬 큰데.'

산 전체를 아우르는 듯한 크기의 산장은 커다란 벽으로 막혀져 있었다.

그 모습이 흡사 성을 연상케 할 정도로 단단해 보였다.

그런 웅장함에 자연스레 막막함이라는 감정이 밀려들 법도 했지만……

비설은 일말의 망설임도 없이 준비해 두었던 작전을 정리하기 시작했다.

그녀가 품 안에 넣어 두었던 지도 한 장을 펼쳐서 눈으로 확인했다. 이곳 주변의 지형지물이 그려져 있는 지도였다.

송백산장의 내부와, 바깥의 지형을 살피는 비설의 시선이 우선은 들어갈 수 있는 문으로 향했다.

'문은 세 개. 그렇지만 현재 쓰이는 건 두 개뿐이야.'

송백산장을 들어갈 수 있는 문은 남문과 서문이다. 그리고 나머지 하나인 북문은 오래전에 폐쇄된 탓에 지금은 이용하지 않는다고 들었다.

비설의 입장상 정문으로 대놓고 들어갈 수는 없는 노릇.

그렇지만 남문과 서문 쪽에는 밤낮으로 사람들이 드나드는 탓에 은밀히 움직이는 데도 어려움이 많다.

거기다가 목표하고 있는 장소와도 거리상으로 그리 가깝진 않다.

송백산장 내부에는 몇 개의 구역이 있다.

한 곳은 장사를 위한 물건들을 모아 두는 창고가 밀집된 지역, 그리고 또 한 곳은 장주의 식솔이나 측근들이 모여 있는 곳이다.

나머지 구역 중 하나는 산장을 지키는 무인들의 거처다.

지도를 천천히 만져 가며 확인하던 비설의 손이 멈춘 곳. 그곳은 송백산장 내부 지도에서 꽤나 많은 부분을 차지한 장소였다.

그리고 바로 이곳이 그녀의 목표였다.

'송백산장을 찾는 이들이 묵는 곳. 그리고 그중에 바로 이곳.'

가장 안쪽에 위치한 곳에 있는 장소. 그곳은 귀한 손님에게만 내주는 특별한 귀빈실 같은 곳이다.

그리고 그 거처와 가장 가까운 문.

그건 다름 아닌 오랫동안 사용되지 않는다는 북문이다.

물론 북문이라 해서 감시가 소홀할 리는 없겠지만 최소

한 그쪽에는 지나다니는 눈은 그리 많지 않을 것이다.

어차피 문을 통해 들어갈 것도 아닌 담을 넘으려 했던 비설이었기에, 인원이 적을수록 움직이는 것 또한 용이했다.

'북문으로 움직여야 해.'

이곳에 도착하기도 전부터 이미 북문을 통해 움직이기로 마음먹고 있던 비설은 주변의 지형지물까지 눈으로 담고는 그 생각이 더욱 견고해졌다.

다만 문제는…….

지도와 눈앞에 있는 송백산장을 대조하며 살피던 비설이 이내 가볍게 눈을 찡그렸다.

길이 생각보다 도망치기 어렵게 되어 있었다.

거기다가 이런 모양새라면 분명 내부 또한 마찬가지이리라.

'길목이 막히면 도주하기가 힘들겠는데.'

산에 위치한 것만큼 지형지물이 중요했는데, 송백산장은 천연의 요새와 가까운 구조였다.

길목이 좁아서 적은 숫자라도 많은 적과 싸울 수 있고, 또 서쪽 부근은 강으로 이어지는 깎아 놓은 절벽과 맞닿아 있다.

기거하고 있는 무인의 숫자만 천 명이 훌쩍 넘는다고 하니 혹여나 문제가 생긴다면 꽤나 골치가 아플 게 안 봐도 눈에 훤했다.

마교로 들어가기 전에 끝내야 하는 임무.

그만큼 한 번의 실수도 용납할 수 없었다.

비설이 슬쩍 하늘을 올려다봤다.

현재 위치가 산이다 보니 가뜩이나 겨울이 다가오며 일찍 사라지기 시작한 태양이 더욱 빠르게 모습을 감췄다.

그녀가 나무에 기댄 채로 품 안에 준비해 왔던 자그마한 과일 하나를 꺼내어 물었다.

'아직은 아니야.'

주변이 어둡긴 했지만 아직은 잠이 들기엔 이른 시각.

보다 은밀하게 행동하기 위해서는 얼추 두 시진 가까이 이곳에서 숨어 있다가 움직여야 했다.

자연스레 바닥에 앉으려던 비설이 습관처럼 등 뒤로 손을 뻗었다가 이내 입맛을 다셨다.

허리춤에는 언제나 차고 다니던 자미쌍검이 없었다.

혁련휘에게 선물 받은 이후 절대로 떼 놓고 다니지 않던 자미쌍검이다.

그렇지만 이곳에서 비밀 임무를 수행해야 했기에 자미쌍검을 가지고 오긴 힘들었다.

자미쌍검은 보통 검과는 많이 달랐으니까.

그랬기에 설령 누군가에게 모습이 들통 난다 해도 전혀

단서가 될 수 없는 평범한 검 네 자루를 준비했다.

그렇게 구입한 네 자루의 검을 두 개는 양 허리에, 나머지 두 개는 등 뒤에 교차시킨 모양으로 꼽아 둔 채로 비설은 모든 준비를 마친 상황이었다.

비설은 바닥에 앉은 채로 손에 든 과일을 오물거렸다. 그녀의 시선은 송백산장의 한쪽으로 향하고 있었다.

누군가를 죽이러 온 길.

아무리 죽고, 죽이며 살아가는 무인의 세계라 해도 마음이 그리 좋지만은 않았지만…… 상대는 석리환이다.

권력을 얻고자 동료들을 사파에게 넘긴 변절자.

일말의 미안함도 없이 평생을 함께한 동료들을 직접 목을 베면서까지 사파의 고위층들에게 잘 보이고자 아양을 떤 구린내가 잔뜩 나는 자다.

그자의 욕심 하나 때문에 죽어 버린 정파의 수많은 무인들이, 그리고 함께 죽어야만 했던 그들의 가족들의 슬픔.

그 모든 게 바로 자신의 어깨에 달려 있다.

'죽어 간 당신들의 복수, 제가 할게요. 곧 그쪽으로 석리환 그자도 보낼 테니…… 기다리고 있어요.'

어둠 속에서 비설의 눈이 빛나고 있었다.

시간이 흘렀다.

늦은 밤, 퍼져 나가는 하얀 입김과 함께 비설이 움직이기 시작했다.

이미 머릿속으로 확실한 동선을 짜 두었던 비설은 일말의 망설임도 없이 정해진 길을 따라 빠르게 움직였다.

몸을 낮게 낮춘 채로 비설은 북쪽으로 움직였다.

쉭쉭.

가는 길에 수십 명의 호위 무사들이 보였지만 그들은 인근에서 움직이는 비설을 알아차리지 못했다. 어둠과 완벽히 동화되어 비설은 빠르게 북쪽 문에 도달할 수 있었다.

그렇지만 비설은 거기서 멈추지 않았다.

보다 더 나아가 북문에서 다소 떨어진 위치에 도달한 그녀가 주변을 둘러봤다.

중요한 건 무인들의 동선.

위쪽에서 왔다 갔다 하며 무인들은 빈틈없이 송백산장을 지키고 있었다.

정확하게 같은 거리를 서로 정해 두고 왔다 갔다를 반복한다. 그리고 그 빈틈을 또 다른 한 명이 막는다. 그렇게 사방을 철통처럼 지키고 있으니 그 빈틈을 찾기 어려워 보인다.

그렇지만 비설은 그런 그들의 움직임을 가만히 살펴보고 있었다.

그리고 이내 그런 그녀의 눈동자가 번뜩였다.

'왼쪽에 있는 자가 오른쪽보다 조금 더 발걸음이 빨라.'

같은 거리를 왕복하고 있는데 한 명의 발걸음이 아주 미세하게 빨랐다.

분명 처음엔 별 차이가 안 났지만…… 왼쪽에 있는 자가 반보 정도 빠르다.

비설은 가만히 그들을 응시했다.

그렇게 몸을 감춘 채로 시간을 보낸 지 얼추 이각 정도.

여전히 둘 사이의 간격은 그리 떨어지지 않은 것 같았지만 그건 착각이다.

아주 미세하지만 반보의 차이로 인해 찰나의 틈이 생겼다.

그리고 그 기회를 놓칠 정도로 비설은 호락호락하지 않았다.

은밀히 몸을 낮춘 채로 둘이 마주 섰다 돌아서는 순간을 바라보던 비설이 이내 발을 움직였다.

파파팟!

땅을 밟으며 달려 나가던 그녀의 몸이 허공으로 도약했다.

그녀가 가볍게 벽을 발로 차며 위로 날아올랐다.

너무 높게 날아오르면 주변에 있는 다른 이들에게 눈에 띌 수도 있었기에 정말 아슬아슬하게 벽을 넘을 정도만 뛰어오른 그녀다.

비설은 왕복을 하는 자와, 중간의 길을 지키는 자의 시선이 완전히 벗어나는 그 짧은 찰나의 순간을 놓치지 않고 비밀리에 안으로 들어오는 데 성공했다.

탓.

바닥에 닿기 무섭게 비설은 벽에서부터 떨어졌다.

재빠르게 무인들이 지키고 있는 곳을 빠져나온 비설의 얼굴이 한결 가벼워졌다.

'좋았어. 저기만 통과하면 그다음이야 뭐.'

내부 또한 많은 무인들이 있는 건 사실이었지만 이곳은 산장이다.

그것도 하루에도 수없이 많은 이들이 오가는 그런 장소.

자연스레 산장을 지키는 자들에겐 초면인 자도 그리 수상히 여기지 않는다는 거다.

안으로 들어오는 게 어렵지 그 이후부터 움직이는 건 자유로운 편이었다.

의심을 받을 일이 거의 없다는 건 알지만 그래도 최대한 얼굴을 드러내지 않기 위해 비설은 뒤쪽으로 이동했다.

송백산장은 겉에서 보고 느꼈던 것처럼 엄청난 크기를 자랑했다.

늦은 밤임에도 불구하고 뭔가를 옮기는 일꾼들의 모습이, 그리고 또 뭔가를 흥정하는 듯한 상인들의 모습이 멀리에서 보였다.

또 그들의 옆을 지키는 많은 무인들도 말이다.

그렇게 모여 있는 이들을 피하면서 조심스럽게 움직인 덕분인지 비설은 지나가는 사람 두어 명을 제외하곤 그 누구도 만나지 않았다.

그리고 심지어 그들에게조차 얼굴을 드러내지 않을 정도의 치밀함을 보였다.

아주 조금의 단서조차 남기지 않기 위해서였다.

그렇게 목적지의 코앞까지 도착한 비설은 슬그머니 복면을 꺼내어 입을 가렸다.

코 아랫부분을 복면으로 전부 가린 그녀가 벽에 기댄 채로 눈을 감았다. 안에서 들려오는 모든 소리를 듣기라도 하려는 듯이 조용히 벽에 귀를 대고 있던 비설이 이내 움직였다.

가볍게 땅을 차고 오른 그녀의 몸이 새처럼 안으로 날아들었다.

비설은 망설이지 않고 정면으로 빠르게 달려갔다.

'속전속결!'

석리환, 그자에게 스스로의 죄가 얼마나 큰지 여실히 느끼게 하고 목숨을 거두고 싶은 마음이 없는 건 아니었지만 시간을 끌다가 위험한 일이 벌어질 수도 있는 상황이니만큼 빠르게 일을 끝내기로 결정한 그녀였다.

다행히도 인근에는 무인들이 없었고, 비설은 곧바로 안쪽에 있는 커다란 방을 향해 달려 나갔다.

달려 나가던 비설의 시선에 입구를 지키고 있던 두 명의 무인이 들어왔다. 그들은 갑작스레 나타난 비설을 보고 깜짝 놀란 듯 재빠르게 허리춤에 있는 검을 뽑아 들었다.

"웬 놈이⋯⋯!"

번쩍!

비설이 스치고 지나가는 순간 양쪽에 서 있던 두 명의 몸이 무너져 내렸다.

그리고 동시에 앞을 막고 있던 문이 반으로 잘려지며 툭하고 떨어져 내렸다.

비설은 잘린 문을 넘어 안으로 성큼 들어갔다.

무척이나 넓은 방, 그런데 방 안에는 향에서 피어오르는 연기가 가득했고 가장 안쪽에는 비단옷을 휘감고 앉아 있는 누군가의 모습이 들어왔다.

등을 돌린 채로 향을 바라보고 있는 상대.

그를 확인한 비설의 눈초리가 꿈틀거렸다.

'⋯⋯석리환!'

저자로 인해 무고하게 죽은 이의 숫자가 과연 얼마나 될까? 동료를 직접 죽이면서까지 얻은 자리에서 부귀영화를 누리던 자.

비설이 쌍검을 교차시킨 채로 짧게 말했다.

"동료의 목숨을 팔아넘긴 자. 당신의 목숨, 제가 거두러 왔습니다."

대답을 기다릴 생각은 없었다.

비설은 빠르게 달려 나갔다.

금봉도가 가주 석리환은 녹록한 자가 아니다. 무림맹에서 중요한 직책에 있었다는 건, 그만큼 그가 대단한 능력을 지녔다는 걸 뜻했다.

하물며 구파일방이나, 오대세가가 아닌 자들 중에서 요직을 맡는다는 건 더더욱이나.

호북에서 다섯 손가락 안에 들던 고수인 석리환이지만 비설은 망설이지 않았다.

비설의 몸이 곧바로 허공을 날며 목표물을 향해 빠르게 떨어져 내렸다.

그렇지만 지척에 도달할 때까지 상대는 움직이지 않았다.

허나 상대가 무슨 생각인지 비설은 중요치 않았다.

빠르게 끝낼 수 있다면 그것만으로 충분했다.

막 쌍검이 상대의 비어 있는 목을 파고들려는 순간이었다.

비설은 직감적으로 뭔가 이상하다는 걸 느꼈다.

석리환은 분명 덩치가 꽤나 있었다고 알고 있었는데, 지금 눈앞에 있는 자는…… 무척이나 왜소하다는 걸 눈치챈 것이다.

그걸 느낀 순간 비설은 황급히 허공에서 검을 거두며 회전했다.

타악!

가까스로 직전에 검을 거두는 데 성공한 비설이 등을 돌리고 앉아 있던 상대의 앞에 착지했다.

뒤편에서 볼 수 없었던 상대의 얼굴을 확인할 수 있었다.

상대의 얼굴을 확인한 비설의 눈이 커다랗게 변했다. 지금 이곳에 사내의 옷을 덮어쓴 채로 있는 건 젊은 여인이었다.

그것도 무공도 모르는 여인 말이다.

여인은 비설을 보고는 눈을 크게 뜬 채로 가볍게 떨고 있었다.

그런 여인을 본 비설은 당황했다.

대체 왜 이곳에 이런 여인이 있단 말인가.

분명 자신이 찾아온 곳은 석리환의 거처였다. 그리고 그곳에는 마치 자신이 속아 넘어가기를 바란다는 듯이 전혀 다른 누군가가 준비되어 있었다.

'설마…….'

이런 말도 안 되는 상황이 우연일 리가 없다.

그리고 그 말은 곧…… 자신이 올 걸 알았다는 거다.

그렇지 않고서야 이렇게 때맞춰 대역을 준비해 둔다는 게 가능할 리가 없지 않은가. 비설이 황급히 상황을 파악하려 할 때였다.

"저, 저기."

갑자기 자신을 부르는 소리에 비설이 그 여인에게 시선을 돌렸을 때였다.

후욱.

여인이 손에 쥐고 있던 분을 훅 하고 불었다.

그리고 그 분이 비설의 눈으로 밀려들었다.

"큭!"

비설이 황급히 고개를 돌렸지만 이미 일부가 바람을 타고 눈으로 들어간 이후였다. 비설이 황급히 눈가를 닦아 내며 소리쳤다.

"이게 무슨 짓입니까!"

"죄, 죄송합니다! 무사님! 저, 저도 이러지 않으면 죽인다고 해서 어쩔 수 없이……."

여인의 목소리가 들려오는 것과 동시에 비설의 시야가 갑자기 희뿌옇게 변하기 시작했다.

웬만한 독에는 꿈쩍도 않는 비설이었지만 이건 뭔가 좀 달랐다.

단순한 독이 아니다.

몸 안으로 치명적인 독기가 퍼지는 것도 아니었다. 그렇지만 그 대신 여인이 뿌렸던 가루는 비설의 시야를 빼앗고 있었다.

눈을 비벼 봤지만 나아지는 건 없었다.

오히려 눈앞이 흔들리면서 점점 더 주변의 사물들이 뿌옇게 변해 가고 있었다.

비설이 황급히 주춤거렸다.

함정이다.

거기다 이렇게 자신을 노린 독까지 준비해 둔 함정.

대체 어떻게 자신이 온다는 정보가 새어 나간 걸까? 내부에 첩자가 있었던 것인가, 그게 아님 예측할 수 없는 무슨 일이라도 생긴 걸까?

하지만 지금 중요한 건 그게 아니었다.

비설은 황급히 몸을 돌려 바깥으로 뛰쳐나가려 했다. 그렇지만 뿌옇게 변해져 가는 시선 저 건너에서 뭔가가 잔뜩 들어오기 시작했다.

그건 분명 사람이었다.

그리고 그 일련의 무리들이 이쪽으로 다가오고 있음을 비설은 직감할 수 있었다.

아마도 저들은 자신을 함정에 빠트린 자들일 게다.

그리고 선두에 선 누군가, 그자가 성큼 앞으로 다가오며 크게 웃음을 터트렸다. 그가 재미있다는 듯이 말했다.

"내가 쳐 놓은 덫에 사람만 한 쥐새끼가 걸렸군그래."

비설의 앞에 나타난 자.

그자는 바로 비설의 목표였던 금봉도가의 가주인 석리환이었다. 그런 석리환의 목소리를 듣고 있던 비설이 입을 열었다.

"당신이 석리환?"

"용케도 알아봤군그래. 지금쯤이면 사물을 분간하는 것도 그리 쉽지 않을 텐데 말이야. 아, 너무 걱정하지는 마. 죽는 독은 아니거든. 그냥 네 시야를 빼앗을 뿐이야. 너한테 듣고 싶은 게 아주 많거든. 죽이는 건 그 후의 일 아니겠어?"

능글맞게 말을 내뱉는 그의 목소리를 들으며 비설은 눈에 힘을 줬다.

석리환의 말대로였다.

아무리 집중하려 해도 시야는 뿌옇게 변한 그대로 그녀를 계속해서 괴롭히고 있었다.

하지만 다행히도 완전히 안 보이는 수준은 아니었다. 희뿌옇게나마 사물을 판단할 정도는 됐다. 그랬기에 지금 문을 통해 모습을 드러낸 자들의 숫자가 적지 않다는 것 또한 알 수 있었다.

눈에 보이는 것만 해도 얼추 서른 명 정도.

적의 숫자를 파악한 비설은 이내 자신의 옆에 선 채로 오들오들 떨고 있는 여인에게 슬쩍 시선을 줬다.

자신에게 이상한 가루를 뿌려 이렇게 상황을 최악으로 만든 장본인이라는 건 알지만 비설은 짧게 말했다.

"여기 있다가 괜히 죽지 말고 나가요."

"저, 저 때문에……."

"그쪽 사과는 필요 없으니까 어서 가요."

자신에게 독분을 뿌린 상대에게 해 줄 수 있는 최대한의 배려다.

상황을 이리 만든 것만 따지고 보면 어떻게 되든 상관없다 여길 수도 있었지만, 힘이 없는 그녀로서는 저자들의 명을 따를 수밖에 없었을 거라는 걸 잘 아는 비설이다.

물론 그렇다고 해서 이 여인을 용서하거나 할 생각은 없다. 그렇게 하기엔 그녀가 한 행동이 있으니 말이다.

다만 쓸데없이 이 싸움에 끼었다가 죽는 걸 보고 싶지 않을 뿐이다.

비설이 차갑게 말을 이었다.

"저한테 가루까지 뿌리면서 살려고 했잖아요. 그러니까 살아요. 그런 짓까지 해 놓고 죽을 생각이에요?"

그런 비설의 재촉에 여인이 조심스럽게 거리를 벌리더니

이내 바깥으로 달려 나갔다.

그리고 입구를 지키고 서 있던 무인들 또한 그 여인에겐 아무런 관심도 없다는 듯이 지나가는 길을 열어 줬다.

여인을 먼저 보내는 비설을 바라보던 석리환이 비웃으며 말했다.

"곧 죽을 놈이 여유 있네."

"죽긴 누가 죽어요. 그냥 상황이 조금 더 귀찮게 변한 것뿐이지, 결과는 변하는 거 없을걸요."

"결과가 뭔데?"

"당신의 죽음이죠."

"그 눈으로 그게 되겠어?"

"물론이죠. 눈만이 아니라 두 팔까지 가져갔다 해도 당신은 날 못 이겨요."

"……까부는 것도 정도껏 하지그래."

말을 하는 석리환의 목소리에 분노가 스며들었다. 그렇지만 비설은 전혀 아랑곳하지 않고 대꾸했다.

"못 믿겠나 본데, 곧 믿게 될 거예요. 지금 보게 될 거거든요."

눈앞이 보이지 않는다.

그렇지만…… 흔들리지 않는다.

수없이 희생된 정파인들의 모든 염원을 떠안고 살아온

그녀였으니까. 그런 그녀는 어떠한 상황에도 결코 포기하지 않았다.

그녀는 검을 쥔 채로 길게 숨을 내뱉었다. 희끄무레하게 보이는 상대들, 무인에게 시야를 빼앗긴다는 건 분명 큰 약점이다.

그렇지만 비설은 자신이 질 거라 여기지 않았다.

희뿌옇게 보인다고는 하지만 그렇다고 해서 아예 안 보이는 건 아니다.

거기다가 굳이 시야에 의지하지 않아도 그녀의 감각이 사방에서 적들의 미세한 움직임조차 놓치지 않고 알려 줄 것이다.

다만 조금의 시야라도 남아 있는 지금 싸움을 끝내야 했다.

감각에만 의지하기엔 적들의 수준은 제법 됐으니까 말이다.

비설이 두 자루의 검을 든 채로 쏜살같이 앞으로 뛰어나갔다.

그녀의 손에 들린 두 자루의 검이 양쪽으로 밀려들었다.

"하압!"

날카로운 고함과 함께 비설이 오히려 그들 사이로 뛰어들었다.

타타탕!

수십 개의 무기가 사방에서 밀려들었지만, 비설은 아랑곳하지 않았다.

타앗, 탁!

앞이 제대로 보이지 않는 상대라 여긴 그들은 사각지대에서 치고 들어왔다.

비설은 발목을 노리고 날아드는 공격을 가볍게 몸을 띄우며 피해 내곤 곧바로 손에 들린 검으로 상대를 치고 들어갔다.

퍼억!

검에 베인 상대가 그대로 뒤로 고꾸라졌다.

그리고 그 뒤에서 나타나며 일자로 검을 찌르고 들어오는 상대.

비장의 일격이었지만, 비설의 감각은 이미 그의 움직임을 감지한 상태였다. 그녀는 어렵지 않게 옆으로 비켜서며 곧바로 팔꿈치로 상대의 턱을 올려 쳤다.

이어서 그녀의 몸이 안으로 파고들며 어깨로 강하게 상대를 밀쳤다.

내력이 실린 공격을 받은 그자가 허공으로 떠서 뒤편에 있던 이들을 향해 밀려 나갔다.

우당탕!

날아드는 동료를 잡아 내려 했던 그들은 밀쳐 내는 순간 실었던 비설의 내공을 견뎌 내지 못하고 그대로 나동그라졌다.

순간 비설이 날아올랐다.

그녀는 뿌연 시야 속에서도 정확하게 적을 감지했다.

손에 들린 검이 매섭게 그들 사이를 헤집었다.

파파파팍!

눈이 보이지 않는 상대라는 생각에 방심하고 있던 그들은 종횡무진 날뛰는 비설의 움직임에 당혹감을 감추기 어려웠다.

마치 전신의 모든 감각이 눈이라도 된 것처럼 모든 곳에서 날아드는 공격을 피하고 막아 냈다. 그걸로 모자라 빈틈이 보이는 자들을 향해 쉼 없이 찌르고 들어오는 공격은 날카롭기 그지없었다.

그리고 지금 또한 마찬가지였다.

뒤편의 적들을 향해 몸을 던진 비설이 검을 움직였다. 그녀의 검이 손등을 타면서 빙글빙글 회전했다. 동시에 수십 개의 검로가 사방으로 흰빛을 내며 뿜어져 나갔다.

파파팟!

동시에 주변에 있던 석리환의 수하들이 나가떨어졌다. 온몸에 수십 개의 자상들을 안은 채로.

그 무공을 보고 있던 석리환의 안색이 굳어졌다.

'청성파의 칠십이파검(七十二波劍)?'

정파의 주요 인물이었던 만큼 그는 각파의 수많은 무공을 보아 왔다.

그 덕분에 정파 무공 쪽에는 제법 지식이 있다 여겨 왔다.

그런데 지금 정체불명의 괴한이 펼친 무공은 청성파의 칠십이파검과 무척이나 닮아 있었다.

검로가 조금 더 불규칙적이고, 예측하기 힘들게 움직인다는 차이가 있을 뿐이지 그 근간은 분명 칠십이파검으로 보였다.

뿌드득!

'역시나 정파 놈들이었던 건가?'

누군가가 자신을 노리고 움직일 거라는 걸 알고 있었던 석리환이다. 과연 그게 누굴까 의문을 가지긴 했지만, 아무래도 정파 쪽에서 보낸 암살자일 확률이 클 거라 여겼다.

그리고 그런 예상은 적중한 듯싶었다.

날뛰는 비설을 보고 있던 석리환이 더는 못 참겠는지 버럭 소리쳤다.

"그리도 많은 숫자로 눈 병신 하나 어쩌질 못하고 쩔쩔매다니! 대체 뭣들 하는 게냐!"

카랑카랑한 목소리로 소리쳤던 석리환은 허리춤에 차고

있던 도를 뽑아 들었다.

파앗!

도를 뽑아 든 그가 거칠게 도집을 바닥에 팽개치며 수하들과 싸우고 있는 비설을 향해 움직였다.

막 적을 밀쳐 내며 일격을 가하던 비설의 어깨가 움찔했다.

직감적으로 뭔가 커다란 공격이 온다는 걸 느낀 탓이다.

더불어 그런 감각과 함께 뿌연 시야를 뒤덮으며 무거운 힘이 실린 석리환의 도가 날아들었다.

비설이 황급히 검을 들어 올렸다.

카앙!

커다란 소리와 함께 비설의 몸이 허공으로 살짝 뜨며 뒤로 밀려 나갔다.

무지막지한 힘.

비설은 시큰거리는 손목을 가볍게 비틀며 호흡을 골랐다.

'호북에서 다섯 손가락 안에 드는 고수라더니 그 말이 허언은 아니네.'

상대의 육중한 몸과는 달리 비설의 몸집은 무척이나 가는 느낌이었다.

그런 둘이 힘으로 충돌하니 밀려 나가는 건 당연해 보였다.

허나 비설은 자신했다.

'눈만 멀쩡했어도 안 밀리는 건데…….'

미리 준비를 하지 못했던 탓에 뒤늦게 석리환의 움직임을 감지했고, 그 탓에 급히 힘을 끌어모아야만 했다. 당연히 순수한 힘에선 질 수밖에 없는 상황이었기에 이토록 뒤로 밀려 나간 것이다.

그녀는 침착하게 검을 고쳐 잡았다.

더 뿌옇게 변해 이제는 사물의 형상마저도 점점 흐릿하게 보이고 있다.

과연 이 두 눈이 얼마나 버틸 수 있을까?

비설을 향해 다시금 석리환이 달려들고 있었다.

부웅!

날아드는 도에서 섬뜩한 도기가 사방으로 휘몰아쳤다. 시야가 잘 안 보인다는 점을 이용해 단번에 무너트리려는 심산이다.

허나 비설은 날아드는 모든 도기를 눈이 아닌, 감각으로 읽어 냈다.

그녀의 발이 연신 땅을 차서 뒤로 순식간에 밀려 나가며 검을 휘둘렀다.

날아드는 도기가 애꿎은 허공을 가르거나 비설의 손에 들린 검에서 뿜어져 나온 기운에 막히며 허공에서 산산조

각으로 사라져 나갔다.

일방적으로 막기 급급해 보이는 모습.

그렇지만 그건 착각이었다. 비처럼 쏟아져 내리는 도기를 피해 내던 비설이 갑자기 방향을 바꾸며 앞으로 쏘아져 나갔다.

"엇?"

설마 날아드는 도기들을 정면으로 마주한 채로 달려들거라 여기지 못했던 석리환은 당황했다.

그리고 비설의 검이 강하게 허공을 베는 순간 커다란 힘이 밀려 나오며 전방으로 쏘아지던 도기들을 집어삼켰다.

동시에 그녀의 검이 석리환을 향한 길을 막아서고 있는 그의 수하들을 순식간에 베어 넘겼다.

촤악!

두 명의 수하가 허공으로 피를 뿌리며 날아오르는 순간 비설의 몸이 사라졌다.

석리환이 당황한 듯 황급히 뒤로 고개를 돌렸을 때다.

"잘못 짚었어요."

그 목소리와 함께 하늘 위로 날아올랐던 수하들 사이에서 비설이 모습을 드러냈다. 그리고 그녀의 검이 번개처럼 하늘에서 내려와 꽂혔다.

쿠카카캉!

황급히 도로 막아 내긴 했지만 비설의 검에 실린 내력은 보통이 아니었다.

그의 몸이 허공으로 붕 뜨다시피 하며 뒤로 쭈욱 밀려 나갔고, 결국은 벽을 부순 채로 바깥으로 날아가 버렸다.

무너져 내리는 돌들에 파묻혔던 석리환이 거칠게 자리에서 일어났다.

"이 망할 자식이?"

자신이 힘에 밀려 나가떨어졌다는 사실에 석리환의 얼굴이 붉게 물들었다.

그렇지만 막상 당사자인 비설은 무덤덤하니 그를 향해 걸어오고 있었다.

그녀가 말했다.

"말했죠? 두 눈이 아니라 두 팔을 못 쓴다 해도 당신한테는 안 진다고."

자신 있게 말하며 다가오는 비설에게서는 쉬이 꺾이지 않을 강인한 기운이 흘러넘쳤다. 마비산의 일종인 영몽산(影夢酸)은 신체 일부분을 마비시키는 독이다.

상대를 죽이거나, 치명적인 내상을 입히는 그런 종류의 독은 아니라는 거다.

환자를 치료할 때 종종 쓰이기도 하는 영몽산은 쓰는 것에 따라 독도, 약도 될 수 있는 종류의 것이었다. 독 기운이 강하게 있는 일반적인 것들과는 다른 성분을 지녔기에 도리어 비설에게 통한 상황.

곁눈질로 석리환이 시선을 주자, 비설의 양쪽에 있던 수하 넷이 빠르게 그녀에게 달려들었다.

네 방향에서 달려드는 수하들.

그 순간 비설의 손에 들려 있던 검이 다시금 손바닥 위를 회전했다.

휘리리릭!

동시에 그 네 명 모두가 달려들던 것보다 더욱 빠르게 뒤로 튕겨져 나갔다.

군더더기 없이 깔끔한 움직임.

최소한의 움직임으로 최대한의 효과를 내는 것이 바로 비설의 싸움 방식이었다.

다가오는 비설을 보며 석리환은 표정을 구겼다.

자신이 대동하고 왔던 인원 중 절반 이상이 이미 그녀의 손에 쓰러졌다. 그것도 눈이라는 아주 중요한 신체의 일부를 제압한 채 벌어진 일이라는 사실이 더 기가 막힐 지경이다.

석리환은 비설의 강함을 느끼고는 다소 경직된 목소리로 물었다.

"……누가 보내서 왔느냐?"

"그걸 알 자격이 있다 생각해요?"

"망할 놈의 정파 잔당들! 운 좋게 살았으면 죽은 듯이 그리 지내야지 감히 날 노리려 들어? 네놈들이 내게 손을 대고도 살 수 있다 생각하느냐?"

비설은 석리환이 무슨 말을 하는지 알고 있었다.

일종의 경고였다.

자신을 건드렸다가는 마교가 결코 가만히 있지 않을 거라는 걸 말하고 있는 것이다.

그런 그를 향해 비설은 눈이 보이지 않는 와중에도 웃으며 대꾸했다.

"그건 그쪽이 신경 쓸 일은 아니죠. 뒤에 찾아올 그런 일들은 살아 있는 저희들의 문제니까요."

석리환의 경고에 비설 또한 자신만의 대답을 내놓았다. 그런 비설의 말에 석리환이 이를 갈며 도를 움켜잡았다.

"건방진 놈. 과연 이 싸움이 끝나고도 그리 말할 수 있을지 어디 한번 두고 보자!"

"그쪽이 이 싸움이 끝나고도 절 볼 일은 없을 거라니까요. 당신은 죽을 거니까요."

지지 않고 받아친 비설이 슬그머니 상반신을 앞으로 굽혔다.

당장이라도 쏘아져 나가기 위한 준비 동작.

그녀의 발이 막 반보를 내디딘 바로 그때였다.

석리환의 숨통을 끊기 위해 움직이려던 비설이 갑자기 멈칫하고는 뒤쪽으로 고개를 돌렸다.

시야가 여전히 뿌연 탓에 제대로 상대를 확인할 순 없었지만…….

'누구지?'

뒤편에서 일련의 무리가 모습을 드러냈다.

물론 그들이 석리환의 수하들 정도였다면 굳이 이렇게 긴장할 필요도 없었지만, 그들은 이곳에 와서 손을 섞었던 그런 자들과는 완전히 다른 자들이었다.

그리고 그 무리와 함께 나타난 한 명.

가까스로 남아 있는 시야를 통해 확인한 그 누군가는 보통이 아니었다.

비설이 딱딱하게 굳은 어투로 물었다.

"당신, 누구죠?"

그런 그녀의 질문에 상대가 짧게 대답했다.

"철혈전마대(鐵血戰魔隊) 대주, 이석."

차가운 목소리로 돌아오는 대답을 듣는 순간 비설의 머리에 하나의 단어가 생각났다.

'혈뢰주가?'

철혈전마대라면 분명 칠대천 중 하나인 혈뢰주가가 자랑

하는 최정예의 무인들이다.

그들의 무력은 마교에 있는 수많은 전투 병력 중에서도 손으로 꼽힌다.

그런 혈뢰주가의 최정예인 철혈전마대가 움직였다?

거기다가 대주 이석이라면…….

작금의 최고 고수들이라 불리는 절대십마에는 들지 못하지만 후대를 대표할 무인 중 하나로 꼽힐 정도의 실력자.

나이는 갓 마흔이 넘었지만 일신상의 무공이 너무나 뛰어나 마교 내에서도 그 적수를 찾기 힘들다 알려진 엄청난 고수가 바로 그다.

그런 이석이라는 존재가 과연 할 일 없이 이곳에 있었겠는가?

자신이 올 걸 미리 알고 함정을 파 뒀던 게 아닐까 라고 생각했던 의구심이 이제는 확신으로 변했다.

마교에 있어야 할 그들이 바로 이곳, 송백산장에 있었으니까.

철혈전마대가 아무리 대단하다 한들 자신보다 빠르게 이곳에 도착할 순 없었다. 그 말은 곧 자신보다 먼저 송백산장으로 출발했다는 것이고, 이런 일이 벌어질 걸 알았다는 말이 된다.

대체 그렇다면 어디서 이 임무가 흘러 나간 것인가?

아니, 더 깊게 들어가서 과연 임무가 먼저였을까 아니면 함정이 먼저였을까.

방금 전까지만 해도 비설은 여유가 있었다.

비록 시야는 잃었지만 어느 정도 감각만으로 상대할 수 있다 여겼으니까.

그렇지만 이제는 아니다.

철혈전마대는 한 명 한 명이 고도의 훈련을 받은 절정 고수들이다.

그런 그들의 협공을 눈도 안 보이는 채로 모두 받는다는 건 분명 쉬운 일이 아니다.

거기에다가 대주 이석까지.

호북에서 다섯 손가락 안에 든다는 석리환과, 마교의 초절정 고수인 이석의 협공을 막아 내야 하는 지금 비설의 눈은 시간이 지날수록 점점 나빠지고 있었다.

'……최악이네.'

시간이 흐를수록 좋을 게 하나도 없는 상황.

비설의 머리가 복잡하게 굴러가기 시작했다.

7장. 활시위
― 끝나지 않았어

이석은 눈앞에 있는 정체불명의 상대를 보고 최대한 냉
정함을 유지하려 했지만, 들끓는 속내를 감추기 어려웠다.

'강한 자다.'

사실 이석은 이번 임무가 그리 마음에 들지 않았다.

자신들 같은 이들이 고작 석리환을 호위하라는 명을 받
았으니 말이다.

허나 명령은 명령. 그는 명령에 따라 이곳 송백산장에서
부터 마교까지 석리환을 지켜야만 하는 입장이었다.

그리고 이곳 송백산장으로 출발하기 전에 주의받았던 하
나의 정보.

그건 다름 아닌 누군가가 송백산장에서 석리환을 노릴 거라는 비밀 정보였다.

이석은 석리환을 제거하기 위해 살수가 나타날 거라 여겼다.

사람을 죽이는 데 그들만 한 이들이 없으니까. 살수 정도에 이석은 직접 나설 이유가 없었다. 석리환에게 이 같은 비밀을 알리고, 그가 함정을 파는 걸 그저 보기만 했을 뿐이다.

살수가 두려운 이유는 아무도 모르게 살행을 펼치기 때문이다.

이미 암습 계획이 드러난 살수가 두려울 게 무엇이 있단 말인가.

그랬기에 이석은 멀리 떨어진 곳에서 내부의 싸움을 구경만 했을 뿐이다. 그래도 혹시나 모를 만일의 상태를 대비하기 위해서 말이다.

그저 다른 집에 불이 난 것처럼 멀찍이 서서 보고만 있던 이석.

그런 그를 움직이게 한 건 생각지도 못한 비설의 실력이었다.

멀리 떨어진 높은 곳에서 구경만 하던 이석의 무표정했던 얼굴이 비설의 싸움이 길어지면 길어질수록 희열로 차

오르기 시작했던 거다.

'살수가 아니다!'

수십 명을 상대로 눈이 안 보이는 와중에서도 압도해 나가는 모습에 이석은 등골이 저릿할 정도의 충격을 받았다.

싸우고 싶었다.

저런 자를 상대로 목숨을 건 싸움을 과연 일생에 몇 번이나 할 수 있을까?

이석은 알고 있었다.

목숨을 건 싸움이란 무인에게 또 한 번의 도약을 할 기회가 되기도 한다는 것을.

비무가 아닌 생사 대결은 그 경험만으로도 충분히 가치가 있다.

하물며 저토록 강한 자라면…….

나무 위에 서서 싸움을 보고만 있던 이석이 아래에 있는 수하들에게 재빠르게 신호를 보냈고, 그와 마찬가지로 휴식을 취하고 있던 철혈전마대가 빠르게 움직이기 시작해서 지금 이곳까지 도달한 상황이었다.

이석은 수하들에게 움직이지 말라는 간단한 수신호를 보낸 채로 비설과 마주 섰다.

'그럼 실력을 한번 볼까.'

이석이 슬그머니 옆으로 걸음을 옮겼다.

어두운 밤, 거기에다가 한 치 앞도 분간하기 힘들게 시야를 빼앗겨 버린 상대.

사각지대에 들어섰다는 생각이 듦과 동시에 이석이 움직였다. 이미 뽑아 들고 있던 검이 뱀처럼 휘어 들어갔다.

스윽!

목을 노리고 찔러 들어가는 일격.

완전히 옆쪽에서 치고 들어갔지만 비설은 이미 그 움직임을 파악한 상태였다.

타앙! 탕!

검을 쳐 내는 것과 동시에 비설의 쌍검이 도리어 빈틈을 만들며 치고 들어왔다.

'빠르다!'

빈틈을 파고드는 검의 움직임이 눈으로 좇기 힘들 지경이다.

재빠르게 뒤로 몸을 잡아당긴 덕분에 비설의 검이 아슬아슬하게 스치고 지나갔다.

이석이 빠르게 물러섰던 것만큼 거리를 좁히며 치고 들어왔다.

휘익!

검이 날아드는 걸 감지한 비설이 이번에도 쌍검을 휘둘렀다.

둘의 검이 허공에서 연신 불꽃을 튀기며 서로를 잡아먹을 듯이 뒤섞이기 시작했다. 둘의 검이 수십 합을 겨루었고, 엇비슷해 보이는 상황이 유지되는 바로 그 순간.

비설이 날아드는 검을 향해 자신의 쌍검 중 하나를 내밀었다.

비스듬히 세운 검신을 타고 이석의 검이 위로 비껴져 올라갔다. 그리고 그 틈을 비설이 파고들었다. 품 안으로 안기듯이 다가온 그녀의 검이 빠르게 이석의 상체를 베고 지나갔다.

파앗!

"큭!"

이석은 놀란 얼굴로 비설이 베고 지나간 부분을 눈으로 확인했다. 상의의 일부분이 찢겨져 나갔고, 동시에 검에도 슬쩍 베였는지 옷의 일부분에 피가 스며들고 있었다.

쌍검술을 사용하는 자들과 몇 번 싸워 본 적 있는 이석이다.

그렇지만 과연 그들 중 이 정도로 완벽하게 두 자루의 검을 수족처럼 다루던 자가 있었던가?

아니, 없었다.

그 누구도 이자의 발끝에도 미치지 못했다.

아주 짧은 시간 안에 둘은 자신들의 검으로 수많은 대화를 나눴다.

그랬기에 이석은 알 수 있었다.

'이자…… 나보다 강하다.'

한 수, 아니 최소 두 수 이상 자신보다 앞서는 자다. 그 말은 곧 일신의 무공이 천하를 쥐고 흔드는 절대십마에 근접하다는 말인데……

복면으로 가려진 탓에 드러난 건 얼굴의 눈 부분뿐이다.

그렇지만 그것만으로도 상대의 나이가 결코 많지 않음은 알 수 있었다.

많게 쳐줘야 삼십 대 정도로 보이는 그런 자가 절대십마의 경지에 올랐다니 쉬이 믿기 어려웠다. 그리고 이렇게 쌍검술을 쓰는 자 중에서 이같이 정체불명의 고수가 있다는 이야기는 들어 본 적도 없다.

자신보다 강하다는 걸 느끼자 이석은 오히려 더 승부욕이 타올랐다.

싸워 보고 싶다.

이 강한 자를 상대로 자신을 시험하고 싶다.

그것이 더 강해지기를 바라는 무인으로서의 욕심. 그렇지만 현실은 그런 욕심을 용납하지 않으려는 모양이다.

뒤편에 선 채로 숨을 고르고 있던 석리환의 외침이 들려왔다.

"이 대주! 수하들에게 명을 내리시오!"

버럭 소리치는 석리환의 외침에는 조급함이 묻어 나왔다. 그 또한 호북에서 알아주는 고수, 그랬기에 비설과 이석의 싸움에서 둘의 차이를 확연히 느낀 모양이다.

이석이 무너지면 상황이 번거로워진다.

그 사실을 알기에 석리환은 이석에게 개인의 욕심을 버리고 임무를 수행해야 하는 그의 입장을 다시금 일깨운 것이다.

그런 석리환의 외침에 이석은 짜증이 치밀었다.

'후우.'

한 번 더 제대로 검을 겨루고 싶었다.

정체불명의 고수와의 싸움을 통해 한 단계 더 나아가고 싶었다.

허나 그러기엔 석리환의 말대로 이석에겐 해야 할 일이 있었다.

이석이 손을 들어 올리며 명을 내렸다.

"궁사진!"

이석의 명이 떨어지기 무섭게 철혈전마대가 오히려 뒤로 물러났다. 그런 이석의 명령에 석리환이 뭔가를 따지려 할 때였다.

뒤편으로 물러났던 이들이 둥그렇게 에워싸더니 이내 등

뒤에 메고 있던 활들을 꺼내어 들었다.

그 모습을 본 석리환은 그제야 이석의 생각을 읽을 수 있었다.

'그렇군. 지금 이 상태에서 저놈을 죽이기에 가장 확실한 방법이다.'

석리환의 예상대로 이석은 싸움 경험이 풍부했다.

그만큼 지금 비설에게 가장 치명적일 수 있는 상황 또한 단번에 알아차렸다.

시야를 잃어 가는 상황, 가뜩이나 가까운 것도 제대로 식별하기 어려운 지금 멀리에서 쏟아져 들어오는 내력이 실린 화살들을 전부 피해 낼 순 없을 게다.

더군다나 철혈전마대가 쓰는 활은 보통의 것보다 훨씬 커다란 파괴력을 지닌 강궁이다.

내력을 싣지 않고 쏘아 내도 소를 꿰뚫을 정도로 날카롭고 특이한 모양의 화살을 지녔다. 그런 강궁들을 꺼내어 든 철혈전마대의 대원들이 동시다발적으로 활에 화살을 얹었다.

활에는 화살을 꽂을 세 개의 구멍이 있었고, 그 구멍에 화살을 껴서 단 한 번에 세 발까지 쏘는 게 가능했다.

그랬기에 철혈전마대의 숫자는 오십여 명이 채 되지 않았지만 활시위에 걸린 화살은 백여 개를 훌쩍 넘긴 정도였다.

그러고는 줄을 팽팽하게 잡아당긴 채로 허공을 향해 활을 치켜들었다.

이석은 마지막 명령을 내리기 전에 아주 잠시 비설을 힐끔 바라봤다.

눈동자가 풀린 것이 여전히 주변의 상황을 인지하지 못하는 게 분명했다.

그런 비설을 보고 있자니 이석은 왠지 모르게 마음 한편에 깊은 아쉬움이 밀려들었다.

'제대로 만나 싸워 보았다면 좋았을 것을.'

무인의 욕심보다는 임무를 우선시해야 하는 지금의 이 상황이 무척이나 아쉬울 따름이다. 그런 아쉬움을 뒤로한 채로 이석이 명령을 내렸다.

"쏴!"

명령이 떨어지기 무섭게 하늘을 빼곡히 채우며 백여 개가 넘는 화살들이 날아들었다.

부웅! 붕!

두꺼운 화살이 허공을 찢어발겼다.

고도로 훈련받은 철혈전마대 무인들의 화살이 내력을 실은 채 비설 주변으로 순식간에 날아들었다.

피잇! 핏!

날아드는 수도 없이 많은 화살들.

비설은 인상을 찡그린 채로 그쪽으로 고개를 돌렸다. 눈을 뜨고 있지만 날아드는 화살들이 제대로 보이지도 않는다.

보고 피하는 건 애초에 불가능했다.

아무런 것도 보이지 않는 지금 정면에서 백여 개가 넘는 화살이 날아드는 건 무척이나 끔찍한 상황이었다. 그럼에도 불구하고 비설은 자신의 검 두 자루를 앞으로 내밀었다.

'막는다.'

비설은 오히려 눈을 감았다.

제대로 보이지도 않는 시야에 집착하다 보면 오히려 중요한 걸 놓칠 수도 있다.

차라리 이럴 땐 모든 정신을 하나로 집중하는 게 낫다.

눈을 감는 비설의 모습을 멀찍이서 보던 이석은 자신도 모르게 고개를 끄덕였다.

훌륭한 판단이다.

미친 짓이라 보일 수도 있지만 저 정도의 무인이라면 눈에 보이는 것보다 감각이 더 믿을 수 있을 때가 많다. 하물며 지금처럼 눈이 쓸모없어진 상황이라면 더더욱.

그렇지만 이석은 비설이 버텨 낼 거라 생각지는 않았다.

수십 개라면 모를까 내력이 실린 저 많은 강궁을 상대한다는 게 말이나 될 성싶은가.

찰나의 순간.

비설의 몸이 움직였다.

파앙!

그녀의 손에 들린 검이 쏜살같이 전방으로 움직였다.

파라라락!

검이 현란하게 원을 그리듯 움직였고, 이내 놀라운 일이
벌어졌다.

흔들리는 두 자루의 검 끝에 화살들이 충돌하며 사방으
로 나동그라졌다.

그 모습은 흡사 애초부터 화살이 검에 이끌려 가는 모양
새처럼 보였지만, 그건 착각이다.

비설이 정확하게 날아드는 그 수많은 화살들을 검으로
쳐 내고 있는 것이었다.

강궁이 쏘아 낸 내공이 실린 묵직한 화살들이 마치 수수
깡처럼 부서지며 양옆으로 쌓이기 시작했다.

그 모습을 본 이석은 자신도 모르게 비명에 가까운 탄성
을 내질렀다.

"……맙소사."

실로 놀라운 경지가 아닐 수 없다.

눈도 보이지 않는 상황에서 저런 말도 안 될 정도의 무위
라니. 밀려드는 화살에 실린 내력으로 인해 밀려날 법도 하

런만 비설의 몸은 꿈쩍도 하지 않고 그 자리에 선 채로 날아드는 모든 걸 정확하게 쳐 내고 있었다.

순차적으로 쏘아져 나오는 모든 화살들이 자신의 손끝에 걸려 떨어져 나가고 있다는 걸 알고 있었지만 비설은 침착함을 유지했다.

아직 끝나지 않았으니까.

허공을 찢는 듯한 소리가 잠잠해짐을 느끼며 이 화살 세례 또한 곧 끝날 것이라는 걸 직감했다.

'생각보다 어렵진 않네.'

내심 눈을 포기하고 감각만으로 화살을 쳐 내는 게 불안하긴 했지만 비설은 스스로를 믿었다. 오랜 시간 익혀 온 자신의 무공을.

문제없이 끝날 것만 같던 화살 세례.

그렇지만 일은 생각지도 못한 곳에서 벌어졌다.

쩌저적.

귀에 들린 미세한 소리가 비설의 몸을 움찔하게 만들었다.

'설마?'

그리고 예상은 어김없이 맞아떨어졌다.

비설의 오른손에 들려 있었던 검이 강궁이 쏘아 내는 화살을 견뎌 내지 못하고 날이 깨어져 나간 것이다.

흔적을 남기지 않기 위해 구하기 쉬운 평범한 검을 가지고 온 것이 화근이었다.

이미 완벽하게 계산되었던 움직임.

그런 움직임에서 이런 자그마한 변수는 완전히 다른 결과를 만들어 냈다.

날이 부러지며 짧아진 탓에, 검이 막았어야 했던 빈 공간이 만들어져 버렸다. 그리고 그곳으로 순식간에 몇 개의 화살이 비집고 들어왔다.

비설이 황급히 검 손잡이에 내력을 실어 앞으로 내던졌다.

그것만으로 몇 개의 화살이 튕겨져 나갔고, 그 짧은 틈에 비설은 비상용으로 챙겨 왔던 두 자루의 검 중 하나를 빠르게 뽑아 들었다.

부러진 검을 내던지고, 차고 있던 검을 뽑기까지.

두 개의 행동을 하는 데 걸린 시간은 정말로 눈 깜빡이라고밖에 표현할 수 없을 정도로 빨랐다. 허나 그럼에도 불구하고 그녀는 그 모든 공격을 받아 낼 수 없었다.

퍼억!

화살 하나가 어깨에 틀어박혔다. 동시에 화살에 실린 내공에 의해 비설의 몸이 휘청하며 뒤로 밀려 나갔다.

그 순간 덮쳐 오는 수많은 화살들이 그녀의 위를 채웠다.

'안 돼!'

눈도 보이지 않는 상황에 균형이 무너졌다.

빠르게 마음을 다잡으며 감각을 일으켜 세웠지만 이미 화살은 지척이었다.

비설이 이를 악물었다.

그녀의 몸이 허공에서 반원 모양으로 회전하면서 손에 들린 검을 휘둘렀다.

그 순간 비설의 검에 달빛과도 같은 빛이 스며들었다.

무서울 정도로 회전하기 시작한 비설이 날아드는 화살을 마구 쳐 냈다. 회전력을 이용해 모자랐던 부분을 더욱 빠르게 채운 것이다.

기나긴 화살 세례가 끝난 직후, 비설의 회전 또한 멈추었다.

그녀의 어깨는 피투성이였다.

화살에 정확하게 적중당한 탓에 손가락 끝까지 감각이 마비된 듯한 느낌이 든다. 그리고 그게 전부는 아니었다.

방금 전 회전하면서 쳐 내긴 했지만 그것은 어디까지나 임기응변의 대책. 초반에 날아들었던 화살 몇 개가 스치고 지나간 탓에 손목 부분과 옆구리 부분에도 자그마한 상처가 생긴 상태였다.

비설은 자신의 옆구리를 강하게 움켜쥔 채로 숨을 몰아

쉬었다.

그런 그녀를 보며 이석은 다시금 감탄했다.

'균형이 무너진 상태에서도 버텨 낼 줄이야.'

만약 눈까지 멀쩡했다면 어땠을까?

아마도 검에 이상이 있는 걸 보다 빠르게 파악했을 테고, 그랬다면 지금처럼 부상을 입히는 것조차 불가능했을지도 모른다.

이석이 감탄하고 있는 사이, 비설은 지금 이 상황을 타개할 방법을 찾고 있었다.

'화살 공격을 다시금 펼치게 해선 안 돼.'

이석의 계산대로 지금 비설에게 멀리서 셀 수도 없이 많이 밀려드는 공격은 쥐약이나 다름없었다. 가뜩이나 몸이 멀쩡해도 버티기 힘든 판국에 지금은 화살이 박힌 손의 움직임이 반 박자 이상 느리다.

이런 상황에서 다시금 그 공격을 받게 된다면…… 최악의 상황이 올지도 모른다.

그걸 알면서도 비설은 달려들 수가 없었다.

눈뜬장님이나 다름없는 지금, 사방으로 나뉘어져 있는 철혈전마대 전원을 순식간에 제압하는 건 그리 쉬운 일이 아니었다.

하물며 뒤돌아서기를 기다리는 이석과 석리환이 있는 이

상 쉬이 뒤쪽을 향해 움직이는 것 또한 어려운 상황.

그 순간 이석의 명령이 이어졌다.

"화살, 준비!"

승기를 잡았다.

그렇게 된 지금 그 잡은 승기를 더욱 굳히는 게 당연한 수순이다.

물론 이런 방식으로 비설을 제압한다는 게 그리 내키진 않았지만 어쩔 수 없는 선택이었다.

철혈전마대의 대원들이 화살을 고쳐 잡는 가운데 비설은 화살이 꽂힌 자신의 어깨를 바라봤다.

'이번에만 버텨 줘.'

방금 전 쏟아지는 화살들 속에서도 비설은 계획이 있었다.

날아드는 화살 때문에 뒤편에 있는 이석과 석리환이 움직이지 못하는 그 틈을 이용해 철혈전마대를 기습하려 했다.

그렇지만 예상치 못하게 검이 부러지며 막는 데 급급해야만 했고, 결국 또 같은 상황에 처하게 된 것이다.

지금 이 싸움을 이기기 위해서는 결국 둘 중 하나는 쳐야하는 상황.

화살 세례를 등 뒤로한 채로 싸우기보다는 정면으로 파

고들어 활을 들고 있는 그들부터 정리하는 쪽이 더 승산이 있어 보였다.

허나 손의 상태도, 그리고 적들의 방비도 그리 간단해 보이지 않았다.

그랬기에 비설은 알 수 있었다.

이번에 실패하게 되면…… 목숨을 유지하는 것조차 어려울지도 모른다.

죽을지도 모른다는 생각이 드는 순간 비설의 머릿속에 한 사람이 떠올랐다.

그 누군가를 기억해 내는 순간 비설은 자신도 모르게 피식 웃었다.

갑자기 떠올라 머릿속을 가득 채운 그 사람.

혁련휘, 바로 그였다.

'이런 상황에 형님이 생각나네요.'

만약 여기서 죽는다면 눈을 감는 그 순간 가장 보고 싶을 사람.

그리고 가장…… 미안한 사람.

비설은 약해지려는 마음을 다잡았다.

'아직 끝나지 않았어.'

돌아갈 것이다.

혁련휘에게 이삼일 정도 후에 돌아가겠다는 말도 전하지

않았던가. 그런 약속을 해 놓고 이런 곳에서 싸늘한 시체가 될 순 없었다.

비설은 양손에 든 검을 강하게 움켜잡았다.

그녀의 멍했던 눈동자가 일순 빛을 토해 냈다.

자그마한 변화, 점점 아무것도 보이지 않게 변해 가던 시야가 일순 조금이나마 밝아졌다는 생각이 드는 그 순간이었다.

누군가의 고함 소리가 들렸다.

"누구냐! 여기가 어딘지 알고…… 억!"

말을 내뱉던 그자의 입에서 터져 나온 짧은 비명 소리. 자연스레 모두의 시선이 그 소리가 난 방향으로 향했다.

그리고 그건 비설 또한 마찬가지였다.

비설의 흐릿한 시야 건너편에 누군가의 모습이 보였다.

거리도 제법 있고, 지금의 그녀는 한 치 앞도 제대로 분간할 수 없었다.

그런 그녀가 멀리에서 나타난 존재를 알아본다는 건 말도 안 되는 소리였다.

그런데도 비설은 알 수 있었다.

지금 나타난 저 사람이 누구인지를. 그건 비단 눈으로 봐야만 알 수 있는 그런 종류의 것이 아니었다.

절체절명의 위급한 순간 그녀를 지켜 왔던 건 오로지 한 사람뿐이었으니까.

마음 한편에서 밀려 나오는 그 든든함, 그 끝을 알 수 없는 깊은 믿음까지.

그런 모든 걸 비설에게 줄 수 있는 건 세상에서 단 한 명뿐이다.

'형님……?'

그리고 비설의 시선이 닿아 있는 그곳.

그곳에 모습을 드러낸 이는 혁련휘, 바로 그가 자리하고 있었다.

정체를 감추기 위해 입을 복면으로 가린 채 모습을 드러냈던 혁련휘의 시선이 피투성이가 된 비설에게로 향했다.

순간 두 눈에서 진득한 살기가 뿜어져 나갔다.

비설의 한쪽 어깨에 박혀 있는 두꺼운 화살을 본 그가 철혈전마대에게로 시선을 돌렸다.

그들의 손에 들린 강궁에 걸려 있는 화살들이 비설에게로 향해 있었다.

그걸 확인한 혁련휘가 차가운 목소리로 주변을 향해 경고했다.

"활시위에서 손을 놓는 그놈부터…… 나한테 죽는다."

혁련휘의 경고, 그것은 결코 허언이 아니었다.

그는 절대로 지키지 못할 말을 내뱉을 사내가 아니었으

니까. 그렇지만 불운하게도 철혈전마대의 무인들은 그리 생각하지 않은 모양이다.

'미친 새끼.'

한 명이 비웃음과 함께 막 시위에 얹었던 손을 떼려는 바로 그 찰나였다.

자그마한 목소리가 그의 귓가에서 속삭이듯 다가왔다.

"경고했지?"

그리고 그건 그자가 이승에서 듣는 마지막 목소리였다.

순식간에 철혈전마대의 무리 사이로 뛰어든 혁련휘가 가장 먼저 활시위를 놓으려 했던 자의 숨통을 끊어 버렸다.

한 명을 쓰러트린 혁련휘가 다시금 손을 들어 올리며 입을 열었다.

"다음엔 누가 죽을 생각이냐."

무뚝뚝한 목소리, 그렇지만 그 한마디만으로 이미 이곳의 분위기는 싸늘하게 식어 있었다. 지척까지 다가와 동료를 죽였다. 그런데도 불구하고 그 누구도 꿈쩍도 하지 못했다.

그만큼 빨랐고, 은밀했다는 소리다.

정말로 이자가 마음만 먹는다면 지금 이곳에 있는 그 누구라 할지라도 죽을 거라는 사실을 알 수 있었다.

또 다른 고수의 등장에 수장인 이석은 혼란스러웠다.

'저자는 또 뭐지.'

처음 맞닥뜨렸던 정체불명의 괴한도 엄청난 실력자였다. 그런데 그 뒤를 이어 나타난 자까지. 둘은 동료로 보였다.

문제는 지금 나타난 저자 또한 보통 실력이 아니라는 거다.

비설을 양쪽에서 포위하는 형상으로 서 있던 이석이다.

그렇지만 갑작스럽게 한 명이 더 나타나 철혈전마대 사이에 자리함으로써 오히려 자신이 수하들을 도울 길목이 막힌 형상이 되어 버렸다.

상대는 위험한 느낌이 물씬 풍기는 자였다.

그런 그가 활을 들고 있는 수하들 사이에 있다.

이처럼 가까운 거리에서 활은 전혀 도움이 되지 않는다. 오히려 상대의 공격을 받아 내지 못하고 일방적으로 도륙당할 공산이 컸다.

허나 활을 버리고 검과 같은 무기를 든다면 비설을 향한 압박이 헐거워질 수밖에 없다. 이 또한 이석이 원하는 바는 아니다.

두 가지 모두 내키진 않았지만 이석은 선택을 해야 했다.

결국 그가 내린 결론은 활을 포기하는 것이었다.

"활을 버리고, 무기를 들어! 놈은 고수다!"

이석의 명령에 활을 쥐고 있던 그들이 황급히 바닥에 강궁을 내던지고는 재빠르게 자신들의 병기를 꺼내어 들었다.

순식간에 돌변하는 주변의 무인들을 보면서 혁련휘는 비설을 향해 전음을 날렸다.

『괜찮아?』

『눈이 조금 안 보이는 것 빼고는요. 형님이 여길 어떻게 알고 오신 거예요?』

처음에 혁련휘를 봤을 때는 마냥 반가웠다. 그렇지만 이내 든 생각이 바로 지금 이 질문이었다. 대체 혁련휘는 자신을 어찌 알고 쫓아온 것일까?

애초에 어디로 가는지에 대해서는 일언반구 말도 없이 사라졌던 자신이다. 그런데도 불구하고 혁련휘는 놀랍게도 위급한 순간 거짓말처럼 자신을 지키기 위해 나타났다.

그런 그의 등장이 비설은 무척이나 놀라웠다.

비설의 질문에 혁련휘는 대답할 시간이 없다 여겼는지 짧게 말했다.

『그건 차후에 설명하지.』

상황이 어떻게 된 건지 혁련휘는 잘 알지 못했다.

다만 눈에 보이는 부상을 제외하고도 그녀의 눈동자가 그리 멀쩡하지 않다는 것 정도는 한눈에 알아볼 수 있었다.

눈 부근에 특별한 부상 흔적이 없는 걸 확인했기에 혁련휘는 얼추 상황을 파악했다.

'독인가.'

쉽사리 독에 당할 인물이 아닐 터인데 이처럼 중독되어 있다는 사실이 내심 놀라웠다.

혁련휘가 비설에게 전음으로 물었다.

『어쩔 생각이야? 여기 있는 놈들을 다 죽일 생각은 아닐 테고.』

혁련휘의 질문에 그녀가 작게 고개를 끄덕였다.

최대한 적은 피해를 내면서 이번 임무를 끝마치고 싶었던 비설이다. 그리고 애꿎은 살생은 피하고자 하는 마음은 지금도 변함없다.

『최소한의 피해로 마무리 지어 볼게요.』

『마음대로.』

혁련휘는 하고 싶은 대로 하라며 전음을 날리고는 방금 전 쓰러트린 자의 무기를 들어 올렸다.

비설과 마찬가지로 혁련휘 또한 비밀리에 움직이는 상황이니만큼 증거가 될 수 있는 모든 걸 없앤 상황이었다.

그랬기에 파멸혼이 아닌 다른 검을 주워 들은 것이고.

혁련휘가 물었다.

『다쳤는데 둘을 상대할 수 있겠어?』

『물론이죠. 이 정도는 다친 것도 아니라고요.』

씩 웃으며 전음을 날리는 비설을 보며 혁련휘가 가볍게

고개를 저었다.

곧 죽어도 자신에게 걱정을 끼치지 않으려고 괜찮다고 할 녀석이라는 걸 잘 알고 있다.

그 순간 비설의 전음이 흘러나왔다.

『형님. 하나만 도와주시면 좋겠는데요.』

『뭘?』

비설이 아무런 말도 없이 바닥에 뒹굴고 있는 자신의 부러진 검의 손잡이를 툭 하고 발로 밀었다. 겉으로 보기엔 거치적거리는 물건을 치운 듯한 모습.

그렇지만 날이 반만 남은 검은 혁련휘의 발아래로 빙글빙글 회전하며 다가오고 있었다.

발을 살짝 들었다가 밀려오는 부러진 검을 발바닥으로 잡아낸 혁련휘에게 비설의 전음이 날아들었다.

『지금부터 전 싸움을 시작할게요. 그러다가 제가 신호를 드리면 그 검 재빠르게 제 머리 쪽으로 차 주실 수 있으시죠?』

『이걸?』

『네.』

별로 어려운 일이 아니었기에 혁련휘가 짧게 전음을 날렸다.

『그러지.』

무슨 계획인가 싶었지만 지금은 그런 것에 대해 일일이 대화를 주고받을 상황이 아니었다. 혁련휘는 철혈전마대를, 비설은 이석과 석리환을 마주하고 있었으니까.

'철혈전마대라.'

혈뢰주가가 자랑하는 싸움 귀신들이 모인 곳.

허나 그런 그들의 상대는 다름 아닌 혁련휘였다.

그런 그들이 어찌할 수 있는 적수가 아니라는 소리다.

혁련휘가 덤비라는 듯이 손가락을 까닥였다.

그런 그의 행동에 눈치를 보던 철혈전마대가 동시다발적으로 달려들었다.

이곳에 있는 모두를 죽이면 모를까 이번 일에 자신의 개입을 감춰야 하는 혁련휘는 철저하게 무공도 숨겼다.

그저 손에 든 검 한 자루에 의지한 채로 날아드는 모든 공격을 받아냈고, 밀쳐 냈다.

타앙! 탕!

혁련휘는 그 자리에 선 채로 조금도 움직이지 않았다. 그런 혁련휘의 발아래, 그곳에는 아까 전 비설이 밀었던 부러진 검이 자리하고 있었다.

그렇게 혁련휘가 철혈전마대와 손을 섞는 사이 비설은 어깨에 꽂혔던 화살을 뽑아 던지고는 둘에게 다가가고 있었다.

그녀가 씩 웃었다.

복면으로 입이 가려져 있었지만 초승달 모양으로 휘는 눈초리만 봐도 지금 상대가 웃고 있다는 사실을 눈치챈 둘이었다.

이석이 차갑게 말했다.

"다행히 화살 세례는 면하긴 했지만 그렇다고 해서 네가 이길 확률이 있다 생각하는가?"

비설은 부상을 입은 상태였고, 뒤편에 있는 자는 혼자였다.

상대가 일부러 무공도 숨기고 죽이지 않는 선에서 손을 섞고 있다는 것을 모르는 이석은 그게 혁련휘가 지닌 실력의 전부인 줄 알았다.

여유 만만한 비설의 모습에 석리환은 화가 났는지 이석의 옆에 와서 섰다.

"이 대주, 그냥 같이 저 자식의 목을 따 버립시다."

석리환의 말에 입술을 깨물었다.

먼 거리에서 화살로 공격한 데 이어 이번엔 협공이다. 순수한 무인으로서만 생각한다면 상대에게 미안한 마음이 들지만 그는 한 무리를 이끄는 수장이기도 했다.

최소한의 피해로 임무를 완수하여야 하는 게 바로 자신의 몫인 것이다.

그것이 수많은 수하들의 목숨을 짊어진 우두머리가 해야 할 올바른 선택이라는 거다.

'그대에게 용서를 구하지는 않지. 우린 서로 해야 할 일을 했을 뿐이니까.'

이석이 석리환을 향해 입을 열었다.

"그럽시다, 석 가주."

내키지 않는 협공을 마음먹은 이석은 단번에 상대에게 달려들었다.

인정할 정도로 강한 무공을 지닌 상대에게 지금 자신이 해 줄 수 있는 건 빠른 끝을 내 주는 것뿐이라 여겼다.

"하압!"

고함과 함께 그의 손에 들린 검이 요동쳤다.

새하얀 기운이 아지랑이처럼 피어올라 비설을 뒤덮었다. 그녀는 검을 수평으로 세운 채로 피어오르는 기운을 정면으로 받아들였다.

쿠웅!

두 개의 큰 힘이 충돌하자 굉음이 터져 나왔다.

그리고 그 틈을 이용해 사이로 석리환이 파고들었다.

"어디 얼굴 한번 보자!"

득의양양하게 치고 들어온 그의 검이 비설의 얼굴을 노렸다.

반으로 가를 듯이 아래에서 위로 솟구치는 도를 비설은 고개를 젖히며 피해 냈다.

커다란 도에서 바람이 밀려 나왔다.

비설은 그 힘에 몸을 실은 듯이 껑충 뛰며 석리환의 어깨를 걷어찼다.

거구의 사내인 석리환이 이내 몇 걸음 뒤로 밀려 나간 사이 그 자리를 이석이 채우며 달려들었다.

파앙! 팡!

이석이 쉴 틈 없이 비설을 몰아붙였다.

비설은 양손으로 쌍검을 휘두르고 있긴 했지만 부상을 당한 탓인지 상대적으로 한쪽이 보다 느리게 반응하고 있는 모양새였다.

그리고 이석 정도 되는 무인이 그런 차이를 모를 리 없었다.

'다친 오른손이 약점이야.'

그쪽으로 공격을 가할 때마다 심하게 균형이 흔들리는 걸 확인한 이석은 그 부분을 집요하게 물고 늘어졌다.

그리고 그런 공격에 비설은 갑자기 연신 물러서야만 했다.

자신의 생각이 맞아떨어졌다 생각하며 이석은 더욱 자신 있게 공격을 펼치기 시작했다.

둘의 몸이 섞여 들었고, 그 사이를 노려 석리환은 연신 치고 들어왔다 빠지고를 반복했다.

그렇게 둘 사이에 뒤엉키듯 싸우던 비설은 집요하게 파고드는 이석에게 연신 밀려나기 바빴다. 약점이라 생각하며 오른쪽으로 집중적으로 파고드는 바로 그때.

방금 전까지만 해도 분명 한 박자 느리게 반응했던 비설의 손이 갑자기 빠른 속도로 이석의 검을 쳐 냈다. 갑자기 돌변한 비설의 공세에 그가 잠시 흐름을 잃는 그 순간이었다.

비설의 전음이 혁련휘에게로 향했다.

『형님! 지금이요!』

전음을 듣는 순간 수많은 이들에게 둘러싸여 있는 와중에도 혁련휘는 발아래 깔고 있던 부러진 검을 발등을 이용해 허공으로 차 올렸다.

그러고는 그대로 그 검을 비설 쪽으로 향할 수 있게 발등으로 강력하게 차 냈다.

비설은 등 뒤로 날아드는 부러진 검의 움직임을 완벽히 읽어 냈다.

그리고 그것이 지척에 닿으려는 순간 그녀가 움직였다.

휘릭!

비설이 몸을 앞으로 회전했다.

그리고 그 순간 모습을 드러낸 쏘아져 나오는 하나의 빛살.

부러진 반 토막짜리 검이 자신의 미간을 향해 쏘아져 나오는 걸 발견한 이석의 표정이 변했다.

'젠장! 이런 수를 쓸 줄이야…….'

마찬가지로 이석에게 날아드는 부러진 검에 깜짝 놀란 석리환이 황급히 손을 움찔하며 입을 여는 그 찰나였다.

빙글 앞으로 회전하던 비설의 발이 위로 솟구쳤다.

발이 정확하게 부러진 검의 방향을 뒤바꿨다.

그리고…….

퍼억!

검날이 살을 관통하는 소리, 날아드는 검을 황급히 피하려던 이석이 당황한 얼굴로 소리가 난 쪽을 향해 고개를 돌렸다.

그곳에는 목에 정확하게 검이 꽂힌 채로 서 있는 석리환이 자리하고 있었다.

그는 아직도 자신이 당했다는 게 믿기지 않는지 천천히 손을 들어 자신의 목에 박힌 검의 손잡이를 어루만졌다.

석리환이 멍한 눈을 한 채로 이석을 바라봤다.

그러곤 그가 천천히 입을 열었다.

"이 대주, 왜, 왜 이게 내 목에……."

허나 말은 끝까지 이어질 수 없었다. 입을 여는 순간 기다렸다는 듯이 피가 터져 나왔고, 그는 곧바로 바닥으로 쓰러졌으니까.

이석의 표정이 새하얗게 질렸다.

당했다.

당해도 완전히 당했다.

비설은 계속해서 이석과 무기를 섞었다. 자연스레 곁다리처럼 싸움에 끼어드는 석리환은 상대적으로 무시하는 모양새였다.

허나 그게 바로 작전이었다.

그리고 날아드는 부러진 검, 그것을 본 이석은 자신에게 비장의 한 수를 펼쳤다 생각했다. 그리고 석리환은 그 공격이 자신을 노릴 거라고는 꿈에도 생각하지 못했다.

방향 자체가 아예 달랐으니 그건 당연했다.

그렇지만 그 모든 것이 바로 비설의 노림수.

거기에 혁련휘와 비설이 수만 번은 연습해서 준비한 것만 같다 여길 정도의 완벽한 움직임.

그것이 겹쳐지며 석리환은 자신이 당한다는 것도 모른 채로 목이 관통되고야 말았다.

놀란 이석이 채 정신을 차리기도 전에 비설은 이미 다음 움직임을 준비하고 있었다. 그녀가 전음을 날렸다.

『형님! 도망치죠!』

『그런 건 적성에 안 맞는데..』

도망치자는 말에 불만스럽게 표정을 구기면서도 혁련휘는 비설의 말을 따라 움직였다. 둘은 약속이라도 한 듯이 동시에 뒤쪽으로 빠져나오며 장력을 쏟아 냈다.

콰앙!

큰 힘을 지닌 장력이 땅바닥에 틀어박히며 사방으로 먼지가 일었다.

그 소리에 퍼뜩 정신을 차린 이석이 재빠르게 명령을 내렸다.

"쫓아! 놓치면 안 돼!"

명령이 떨어지기 무섭게 먼지를 뒤집어쓰며 철혈전마대가 앞으로 달려 나갔다.

그리고 그 뒤를 마찬가지로 쫓으며 이석은 이를 갈았다.

"망할!"

임무를 실패했다.

반드시 지켰어야 했던 석리환이 자신의 눈앞에서 죽는 걸 멍청하게 보고만 있었다. 그런 자신의 모자람으로 인해 임무가 실패로 돌아가자 이석은 분노가 치밀었다.

그런 지금 자신이 할 수 있는 최선의 선택.

바로 저들을 잡는 것이다.

적어도 석리환을 죽인 자들의 정체는 알아내야 그나마 이번 실패에 대해 할 말이라도 있지 않겠는가.

그렇게 이석이 무섭게 달려 나가며 준비해 두었던 신호탄을 하늘로 쏘아 올렸다.

삐이이잉!

불꽃과 함께 커다란 소리를 토해 내는 그 신호탄이 쏘아지는 순간 송백산장에 대기하고 있던 무인들이 기다렸다는 듯 튀어나왔다.

그들은 혁련휘와 비설이 빠져나가지 못하게 하겠다는 듯이 촘촘하게 길을 막기 시작했다.

그리고 그런 수많은 무인들의 움직임을 도망치는 혁련휘와 비설이 모를 리 없었다.

비설이 달리는 와중에 말했다.

"형님, 주변에서 뭔가 움직이는 것 같은데요?"

"대비를 해 놨던 모양이군."

말을 내뱉으며 혁련휘의 시선이 빠르게 주변을 훑었다.

자그마한 길부터 시작해서 큰길까지. 나가는 모든 길목을 송백산장의 무인들이 막아섰다.

거기다가 뒤편에서는 철혈전마대가 뒤쫓고 있다.

비설은 잘 보이지 않는 두 눈을 깜빡거리며 말을 이었다.

"미리 준비했다면 길이 다 막혔을 거예요. 어쩌죠, 형님?"

"……."

혁련휘는 달리는 와중에도 침묵했다.

비파월을 통해 이곳의 내부 지도를 구했던 혁련휘다. 비설과 마찬가지로 이곳 송백산장의 지형이 외부의 적이나, 내부의 적을 방비하기 무척 좋게 되어 있다는 사실도 안다.

막아서는 그들을 모두 죽이고 나갈 수도 없었기에 혁련휘는 다른 판단을 내렸다.

아래쪽으로 달려가던 혁련휘가 말했다.

"따라와."

말을 마친 그가 급속도로 방향을 틀었다. 잘 안 보이는 시야 때문에 그냥 믿고 혁련휘만 따르던 비설이다.

그렇게 한참을 달리던 비설이 이내 자신들이 어디에 도착했는지 알아차린 건 갑작스러운 찬바람이 훅 하고 정면에서 밀어닥친 이후였다.

바람에 실린 미세한 냄새.

그건 바로 물 냄새였다.

동시에 혁련휘가 발을 멈췄고 비설은 잘 안 보이는 눈을 억지로 부릅뜨며 혹시나 하는 얼굴로 물었다.

"저기, 형님……. 저희 서쪽으로 온 거 아니죠?"

"맞아."

"예에? 서쪽으로 가면 절벽이잖아요."

서쪽으로 움직였다는 사실을 뒤늦게 깨달은 비설이 기겁을 할 때였다. 혁련휘가 가볍게 고갯짓을 하며 말을 이었다.

"가면 절벽이 아니라, 이미 코앞이 절벽이야."

혁련휘의 그 말에 비설이 우는 표정을 지어 보였다.

"왠지 눈앞이 뻥 뚫린 것 같다 했더니만…… 설마 여기로 내려가자 그런 말을 하시려는 건 아니죠?"

걱정스러운 비설의 말에 혁련휘가 곧바로 대답했다.

"맞는데."

비설이 황급히 말을 받았다.

"형님! 전 눈도 잘 안 보인다고요."

죽는소리하는 그녀에게 혁련휘가 고개를 끄덕거리며 말을 이었다.

"잘됐네. 눈으로 보면 뛰어도 되나 싶을 정도로 높거든."

"……그렇게 높아요?"

"응, 상상 이상으로."

"하아, 그래도 역시 뛰어내려야겠죠?"

"아니면 돌아가서 다 죽이고 나가든지."

혁련휘의 말에 비설이 피식 웃었다.

자신이 어떤 답을 내릴지 혁련휘는 이미 다 알고 있으리라.

죽는소리를 하기도 했고 한 치 앞도 안 보이는 것도 사실이다.

그렇지만…… 믿는다.

자신의 옆에 나란히 서 있는 이 사내를.

그가 이곳이 답이라고 한다면 비설 또한 그리 여길 것이다.

뒤편에서 밀려오는 인기척을 느끼며 비설이 괜스레 투덜거렸다.

"죽으면 귀신이 돼서라도 형님 따라다닐 겁니다. 각오하시라고요."

"죽긴 왜 죽어."

말을 마친 혁련휘가 비설의 손을 움켜잡았다.

그러고는 아무렇지 않게 앞으로 걸어 나가며 입을 열었다.

"내가 널 죽게 안 놔둘 텐데."

그 말과 함께 둘은 약속이라도 한 듯이 걸음을 맞추어 몇 걸음을 달려 나가다 이내 허공을 향해 몸을 날렸다.

8장. 불길한 예감
— 너무 과한 생각이야

　절벽 아래로 몸을 날린 두 사람.

　둘의 몸은 빠르게 떨어져 내리고 있었다. 절벽 아래로 떨어지며 마주 보듯 밀려드는 바람이 칼날처럼 시리다.

　당장이라도 차가운 물이 둘을 집어삼키려고 다가오는 일촉즉발의 순간.

　뛰어내리기 전까진 엄살을 부리던 비설이었지만, 막상 위험한 순간이 다가옴에도 그녀의 표정은 평온했다.

　한 치 앞도 제대로 분간하기 힘든 상황, 그럼에도 불구하고 아무런 걱정도 일지 않았다. 자신이 지닌 뛰어난 실력 때문이기도 했지만 바로 지금 자신의 손을 꽉 잡아 주고 있는 이 사내에 대한 믿음 때문이기도 했다.

혁련휘.

그가 말했다.

자기가 그녀를 죽게 하지 않겠다고.

그랬기에 믿는다. 그는 결코 허언을 하지 않는 걸 알았기에, 그리고 어떻게든 자신을 지켜 줄 거라는 걸 믿었기에.

무척이나 높은 절벽이었지만 떨어지는 건 찰나였다.

짧은 대화 한 번 주고받기 힘들 정도로.

그렇지만 마주 잡은 손이 그녀에게 많은 걸 이야기해 주는 것만 같았다.

혁련휘가 비설의 손을 꽉 움켜잡았다.

그 순간 비설은 직감적으로 느꼈다.

뭔가가 있을 거라는 걸 말이다.

그리고 예상대로 손을 움켜잡고 있던 그가 비설을 강하게 자신의 품으로 당기듯 안으며 손바닥을 아래로 내뻗었다.

쿠웅.

혁련휘의 손아귀에서 풍신의 힘이 쏟아져 나가기 시작했다. 그것은 아래에 있는 물가에 자그마한 파문을 일으켰다.

투웅.

그 미세한 흔들림.

허나 그 흔들림은 이내 커다란 폭풍이 되어 솟구쳤다. 일명 물회오리가 사방으로 몰아치며 두 사람을 감싸 안은 것이다.

동시에 물은 흡사 부드러운 침상처럼 솟구쳐 올라 둘의 몸을 받아 냈다.

무시무시한 속도로 떨어져 내리던 두 사람의 움직임이 잦아들고, 이내 그 물이 폭발하듯 사방으로 터져 나갔다.

그렇게 두 사람은 그리 높지 않은 곳에서 잠시 멈추었다가 이내 물로 떨어졌다.

풍덩.

물에 빠져들긴 했지만 워낙 낮은 곳에서 떨어졌기에 두 사람은 아무런 부상조차 입지 않았다.

찢어질 듯 정면으로 밀려오던 바람조차도 물이 방패처럼 견고하게 버텨 준 덕분에 아무런 문제도 없었다.

물에 빠졌던 두 사람이 동시에 고개를 내밀었다.

비설을 꽉 안고 있던 혁련휘가 물에서 나옴과 동시에 슬쩍 손을 놓고 옆으로 움직였다.

여전히 앞을 잘 보지 못하는 비설은 찬물에 흠뻑 젖은 채로 웃으며 입을 열었다.

"물이 엄청 차갑다는 게 느껴지는 걸 보니 다행히 아직은 안 죽었나 봐요, 형님."

"말했잖아. 내가 널 죽게 놔두지 않을 거라고."

비설의 농담에 혁련휘가 말을 내뱉으며 얼굴에 흐르는 물을 손바닥으로 가볍게 쓸어 냈다. 계속해서 뿌연 시야 탓에 어떻게든 앞을 보고 싶은지 비설이 몇 차례고 눈을 껌뻑였다.

　혁련휘가 아까부터 궁금했던 걸 이제야 물었다.

"눈은 왜 그래?"

"함정에 빠졌는데 생각지도 못하게 무공도 모르는 여자가 저한테 가루를 훅 하고 불더라고요."

　비설이 물 위에 뜨기 위해 가볍게 물장구질을 하며 말했다. 그런 그녀를 향해 혁련휘가 표정을 찡그리며 쏘아붙였다.

"위험한 거 아냐?"

"다행히 치명적인 독까지는 아닌 것 같아요. 아마 시간 지나면 점점 나아질 테니 너무 걱정하지 마세요. 형님."

　뛰어난 무인이라면 자신의 몸 상태 정도 아는 건 그리 어려운 것도 아니다.

　그런 비설의 대답이 있었기에 한결 마음이 놓이는 건 사실이었지만 그럼에도 불구하고 혁련휘의 입장에서는 그냥 넘어갈 수 없었다.

　혁련휘가 물 위에 둥둥 뜬 채로 비설의 팔을 잡아당겼다.

"됐고, 따라와."

"어딜요?"

"어디긴. 빨리 나으려면 의원에게 치료라도 받아야지."

"형님. 그러기엔 제 입장이……."

비설이 조심스레 말을 꺼냈다.

둘이 절벽 아래로 뛰어내렸지만 시체를 찾은 것도 아니다.

당연히 둘을 잡기 위해 철혈전마대를 비롯한 송백산장의 무인들이 이 일대의 마을을 비롯하여 많은 곳을 캐고 다닐 것이다.

그런 상황에 의원을 찾아간다는 건 그들에게 자신의 존재를 대놓고 드러내는 꼴이 된다.

그러한 이유로 비설이 거절의 뜻을 내비치려 했지만, 혁련휘 또한 이걸 모르는 바가 아니었다.

"알아. 아니까 더 그러는 거다. 네 말대로 단순히 한 두 시진 안에 낫는 거면 모를까 시간이 생각보다 길어지면? 내 아래에 있는 놈이 갑자기 눈이 이상해진 게 소문이라도 나게 하려는 거냐? 그 일에 내가 관련이 있다는 단서라도 내주려고?"

혁련휘의 말에 비설이 움찔하고는 작게 중얼거렸다.

"그건 아니고요."

"그럼 그냥 따라와. 의원은 내가 알아서 해 볼 테니까."

말을 마친 혁련휘가 손을 잡은 채로 비설을 끌고 물 위를 가볍게 헤엄쳐 나갔다. 비록 눈은 보이지 않았지만 비설은 무인이다.

감각만으로도 충분히 혁련휘를 쫓을 수 있는 상황이었다.

그걸 알면서도 비설은 자신의 손을 움켜잡고 있는 혁련휘의 손을 뿌리치지 않았다.

오히려 그런 그의 손을 보다 더 강하게 움켜쥔 채로 어둠 속에서 느껴지는 혁련휘의 체온에 더욱 빠져들고만 있었다.

그렇게 혁련휘의 손을 이끌려 물을 헤치며 나아가던 비설이 퍼뜩 생각난 듯이 물었다.

"그런데요, 형님."

"왜?"

"이번엔 제가 있는 곳을 어떻게 찾으신 거예요? 아무리 흑풍이라고 해도 이 정도 거리를 찾지는 못했을 것 같은데."

상상을 벗어나는 속도로 이곳 송백산장까지 내달렸던 비설이다. 자신이 어디로 간다는 조그마한 단서조차 남기지 않았는데 대체 혁련휘는 어떻게 알고 이렇게 자신의 앞에 나타난 걸까?

비설의 궁금하다는 듯한 질문.

그런 그녀의 질문을 받은 혁련휘가 잠시의 침묵을 지키다 짧게 대꾸했다.

"……비밀이야."

　　　　*　　　　*　　　　*

　깎은 듯이 떨어지는 절벽을 따라 움직이던 두 명은 이윽
고 평평한 땅에 도착할 수 있었다. 물가에서 나온 그 둘은
곧바로 잠시 몸을 숨길 만한 장소를 찾기 위해 움직였고,
마교 쪽으로 움직이던 중 적당한 동굴 하나를 발견할 수 있
었다.

　동굴을 발견한 혁련휘는 곧바로 비설과 함께 안으로 들
어섰다.

　오랫동안 사람이나 동물이 드나든 흔적이 보이지 않는
동굴이었다. 그리 깊지 않았지만 이 정도면 몸 정도 숨기기
에는 충분하다 여겼는지 혁련휘가 그곳에 비설을 앉혔다.

　그러고는 말없이 손을 뻗어 비설의 눈꺼풀을 들어 올리
고는 그녀의 눈동자를 살폈다.

　살짝 붉어진 흰자위, 그리고 눈동자는 초점을 맞추지 못
하고 흔들리고 있었다.

　혁련휘가 손가락 하나를 앞으로 펼친 채로 물었다.

　"이거 보여?"

　"그 정도는 보입니다, 형님."

　동굴 내부라 어둡긴 했지만 코앞에서 왔다 갔다 하는 손
가락 정도 확인하는 건 가능했다.

비설의 말대로 치명적인 독이라기보다는 시간이 지나면
차차 나아지는 마비산의 일종으로 보였다. 운이 좋다면 하
루 이틀 정도면 나아지겠지만, 지독한 놈이라면 얼마나 갈
지 아직 장담할 수 없는 노릇.

혁련휘가 그대로 몸을 일으켜 세우며 말했다.

"의원을 여기로 데리고 오지. 얼굴 드러나면 안 되니까
기척 느껴지면 곧바로 복면 쓰고."

"형님, 저는 정말 괜찮은데⋯⋯."

"말 들으라니까."

혁련휘의 확고한 말에 비설은 결국 고개를 끄덕였다. 자
리에 기대어 앉은 비설을 가만히 바라보며 혁련휘가 말을
이었다.

"금방 돌아오지. 혹시 모르니 계속 바깥 방비하고."

"네. 걱정 마세요, 형님."

비설이 자신만만하게 웃으며 말했다.

이런 상황에 비설을 혼자 두고 움직인다는 건 그리 쉬운
결정은 아니었다.

그럼에도 불구하고 비설을 두고 의원을 찾으러 혼자 가
는 건 그녀를 믿기 때문이다.

눈이 보이지 않는다 해도 쉽사리 누군가에게 질 여인이
아님을 잘 알기에.

혁련휘가 막 몸을 돌려 걸어 나가려다가 잠시 멈칫하더니 이내 걸치고 있던 겉옷을 벗어 비설에게 툭 던졌다.

갑작스럽게 무릎 위에 던져진 그의 옷을 든 채로 비설이 물었다.

"옷은 왜요?"

"걸치고 있어."

이미 내공을 통해 젖은 몸은 완전히 말린 상황이다.

그렇지만 제법 쌀쌀한 날씨였기에 혁련휘는 동굴 안에 있는 비설이 염려스러웠던 것이다. 그런 그의 마음을 느껴서일까?

자신을 걱정하는 혁련휘의 모습에 비설은 마음이 흔들렸다.

결국 비설은 그의 옷을 꽉 움켜쥔 채로 고개를 끄덕였다.

그러고는 혁련휘가 건네준 옷을 입기 위해 손을 넣을 곳을 찾으려 했지만 시야가 뿌옇게 변한 탓인지 은근히 쉽지 않았다.

옷을 뒤척거리며 비설이 중얼거렸다.

"소매가 어디지."

바로 그때였다.

"가만히 있어."

그 말과 함께 훅 하고 다가오는 혁련휘의 채취에 비설의 몸이 딱딱하게 굳었다.

옷을 쥔 혁련휘가 그녀를 거의 껴안다시피 하며 다가온 탓이다.

그 상태로 혁련휘는 아무렇지 않게 비설의 손을 소매 속으로 넣어 주고 있었다.

자연스레 비설의 얼굴 바로 옆에 혁련휘의 입술이 닿아 있었다.

비설의 귓가에 들려오는 혁련휘의 숨소리.

그리고 그 숨소리에 반응하듯 더욱 크게 뛰기 시작한 자신의 심장 소리까지.

비설은 스스로의 심장 소리가 너무 크게 들리자 당황한 듯 허둥거렸다.

혁련휘에게 이 심장 소리가 들릴까 염려돼서다.

소매 속으로 손을 마구 집어넣으며 비설이 큰소리로 웃었다.

"하하, 이거야 나이 먹고 혼자서 옷도 못 입고 말이죠. 꼴이 우습게 됐네요."

"알면 됐어. 그러게 왜 말도 없이 나가서 이런 꼴을 당해."

이어지는 혁련휘의 지적에도 비설은 그저 고개만 끄덕거렸다. 붉어지는 자신의 얼굴을 지금 보이고 싶지 않았다.

결국 비설에게 직접 겉옷까지 입혀 준 혁련휘가 다시금

자리에서 일어났다.

"쉬고 있어."

"……."

비설은 대답도 못 하고 다시금 고개를 끄덕였다.

그리고 그런 그녀를 가만히 바라보던 혁련휘는 몸을 돌려 동굴을 빠져나갔다. 그리고 동굴 입구를 주변에 있는 것들로 간단하게 위장까지 하고는 이내 그가 멀어졌다.

가만히 혁련휘가 멀어지는 소리를 듣고만 있던 비설이 결국 참고 있던 숨을 토해 냈다.

"파아!"

갑자기 자신에게 혁련휘가 다가온 그 순간부터 비설은 제대로 숨을 쉬지도 못했다. 그리고 이렇게 혁련휘가 멀어지는 걸 확인하고서야 제대로 호흡을 가다듬을 수 있었다.

비설은 가쁜 숨을 몰아쉬며 중얼거렸다.

"요새 대체 왜 이러지."

자신인데 자신이 아닌 것만 같은 모습들.

그런 모습과 행동을 할 때마다 비설은 스스로가 당황스러웠다. 미칠 듯이 뛰어 대는 심장 소리가 혁련휘에게 들릴까 얼마나 노심초사했단 말인가.

비설은 가만히 혁련휘가 자신에게 입혀 준 겉옷의 앞섶을 잡아당기며 몸을 움츠렸다.

따뜻했다.

'형님의 체취가 나는 것 같아.'

그저 그의 옷을 입고 있는데도 불구하고 마음 한편이 편안해지고 따뜻한 기분이 든다.

그렇게 잠시 혁련휘의 옷을 덮고 있는 팔에 기대어 있던 비설의 눈동자가 점점 진지하게 변해 가기 시작했다.

바로 이번 송백산장의 일에 있어 풀리지 않는 의문이 있었기 때문이다.

임무를 가까스로 완수하긴 했지만 그건 비설의 실력이 워낙 뛰어났고, 순간적인 재치를 발휘했기에 가능했던 일이다.

만약 그녀의 실력이 부족했다면?

아마 그곳에서 비설은 죽음을 맞이했을 것이다.

'분명 내가 올 걸 알고 있었어.'

도대체 그들이 어찌 자신이 온다는 것을 알았을까?

암살을 하러 자신이 온다는 사실을 그들이 알고 있었다는 것, 그것이 의미하는 바는 무척이나 복잡했다.

북천회도, 그리고 자신이라는 존재도 세상에는 알려져 있지 않다.

그런 자신들의 움직임을 읽었다?

사실 그건 불가능에 가깝다.

세상에 그 누가 북천회의 비밀 병기인 자신의 움직임을 파악하고 있단 말인가.

허나 그 믿을 수 없는 상황이 현실이 되었다면?

'북천회 내부에서…… 흘러 나갔다는 건데.'

자신에게 내려진 밀명이라면 그중에서도 특급으로 처리되는 일이다.

그런 일을 알 수 있을 정도라면…… 북천회 내부에서도 높은 위치에 있는 자라는 걸 뜻한다.

더군다나 자신을 함정에 빠트렸다는 게 의미하는 건 하나였다.

'그자의 목표는 나였어.'

북천회가 아닌 자신을 향한 화살.

다른 세력의 간자인가, 아니면…… 자신을 죽이려 하는 북천회 내부의 또 다른 누군가가 있는 것일까.

그렇지만 비설은 곧 고개를 가로저었다.

'아니야, 너무 과한 생각이야. 설마 그럴 일이 있을 리가 없잖아. 지금 같은 상황에 내부 파벌 싸움이 있다는 게 말이나 돼?'

북천회가 무엇인가?

정파인들을 규합하기 위한 마지막 구심점이다. 그런 북천회 내부에 자신을 제거하려는 다른 파벌이 존재할 수 있다니…….

절대 아니라고 고개를 젓는 비설.

그렇지만 그런 행동과는 달리 그녀의 표정은 점점 어두워지고 있었다.

알 수 없는 불길한 예감이 계속해서 비설에게 밀려들고 있었다.

비설을 동굴에 둔 채로 의원을 찾아 나선 혁련휘는 가파른 길을 빠르게 타고 움직이고 있었다. 길을 막고 있는 커다란 바위도, 나무들도 혁련휘의 걸음을 멈추게 하지 못했다.

그는 나는 듯이 빠르게 달렸고, 또 누구의 눈에도 들키지 않을 정도로 은밀하게 움직이고 있었다.

그렇게 혁련휘는 일이 벌어진 송백산장에서 적당히 떨어진 곳에 위치한 큰 마을에 도착했다.

마을에 도착한 그는 거침없이 다음 행동을 시작했다.

혁련휘가 곧장 향한 곳은 마을 한쪽에 위치한 의방이었다. 잠자리에 들고도 한참은 지났을 늦은 시각, 의방은 닫힌 상태였다.

그렇지만 혁련휘는 그런 것에 머뭇거릴 사내도 아니었고, 지금은 망설일 시간도 없었다.

혁련휘의 손이 닿혀 있던 의방의 문을 아무렇지 않게 부쉈다.

콰드득.

소리와 함께 문짝이 뜯겨져 나갔고 혁련휘는 거침없이 의방 안으로 걸어 들어갔다. 의방은 안쪽의 별채와 이어져 있는 구조였기에 혁련휘는 곧바로 그쪽으로 움직였다.

안으로 들어선 혁련휘는 복면으로 얼굴을 가린 채로 의원이 있는 방으로 발길을 돌렸다. 기척이 느껴지는 방을 찾으면 되는 일이었기에 의원이 있는 방을 찾는 건 그리 어렵지 않았다.

단번에 의원이 있는 방으로 들어선 혁련휘.

그의 앞에는 침상에 드러누운 채로 코를 골고 자고 있는 중년 의원이 눈에 보였다.

혁련휘가 파멸혼이 들어 있는 도집으로 그를 툭툭 두드렸다.

갑작스럽게 누군가 자신을 두드렸지만 의원은 간지럽다는 듯이 손가락으로 긁을 뿐, 일어날 기미를 보이지 않았다.

혁련휘가 입을 열었다.

"일어나지?"

말과 함께 다시금 더 강하게 툭툭 치자 그제야 의원이 번쩍 눈을 떴다. 눈을 뜬 의원의 얼굴이 딱딱하게 굳었다.

늦은 밤, 갑자기 복면을 쓴 괴한이 눈앞에 있으니 놀라는 건 당연했다.

"누, 누구시오?"

"그쪽, 실력 좀 있어?"

갑작스러운 혁련휘의 질문에 의원은 당황했다.

이런 상황에 어찌 대답하는 게 과연 옳은 선택인지 의문
이 들었다. 그런 그를 향해 혁련휘가 미간을 찡그리며 되물
었다.

"실력 좀 있냐니까?"

재차 물어 오는 목소리에 의원은 다급히 고개를 끄덕였다.

왠지 모르게 쓸모가 없으면 죽이려 들지도 모른다는 걱
정이 들었기 때문이다.

한밤에 찾아온 손님.

거기다가 얼굴은 복면으로 가리고 있고, 왠지 모르게 스
산한 분위기까지 풍긴다.

의원은 마른침을 삼켰다.

한눈에 봐도 무인, 거기다가 이런 상황에 나타난 자라면
위험한 일에 휘말렸을 공산이 컸다.

그는 생각했다.

'아, 이렇게 억지로 끌려가서 재수 없는 꼴을 당하게 되
는구나.'

무인에게 잘못 얽혔다가 힘없는 의원들이 죽어 나갔다는

이야기를 수도 없이 들었던 그다.

헌데 그런 상황이 지금 자신에게도 오자 얼굴이 창백해지는 건 당연한 수순이었다.

그 순간이었다.

툭.

긴장하고 있던 의원은 뭔가가 눈앞에 떨어지자 깜짝 놀라 그쪽으로 시선을 돌렸다.

그리고 이내 그 뭔가를 확인한 의원의 눈은 휘둥그레졌다.

생각지도 못한 물건이 눈앞에 있어서였다.

그건 다름 아닌 손가락 두 마디 크기의 금덩이였다.

억지로 끌려가서 목숨이나 부지하면 다행이라 생각하고 있던 찰나에 벌어진 일이라 의원은 어안이 벙벙했다.

그런 그에게 혁련휘가 말했다.

"치료비야. 성공적으로 끝내면 저만한 걸 하나 더 주지."

"……"

의원은 눈을 크게 뜬 채로 금덩이를 바라봤다.

저만한 크기의 금덩이면 과연 가격이 얼마나 할까? 아마 마을에서 가장 비싼 기루에 가서 몇 달은 거하게 놀고먹어도 될 정도의 금액은 될 터.

그런데 이걸로도 모자라 하나 더 주겠다는 말을 들으니 군침이 돌았다.

의원이 조심스레 말했다.

"저 환자의 상태가 어떤지요? 혹시 출혈이 과하다거나 아니면 어디가 심각하게 망가졌다거나……."

"시력을 잃었어. 마비산의 일종이야."

"아, 그렇습니까?"

대답을 하는 의원의 표정이 한결 밝아졌다. 독의 종류는 다양하다.

그 숫자가 헤아릴 수도 없이 많고, 또 그것들마다 해독법도 다르다.

제아무리 뛰어난 명의라 해도 그 모든 걸 알 수는 없다. 하물며 이런 마을에 있는 평범한 의원이라면 말해 무엇하랴.

헌데 마비산이라면 이야기는 다르다.

마비산은 딱히 치료약이 없다. 그렇지만 일상적으로 쓰이는 약제와 침술만으로도 상태를 호전시킬 수 있는 경우가 많았다.

그리 어렵지 않은 환자라는 걸 알자 의원이 고개를 끄덕였다.

"치료 가능할 것 같습니다."

"좋아, 그럼 짐 챙기고 곧바로 따라와."

대답이 떨어지자 의원은 자신의 앞에 던져 주었던 금덩이를 황급히 품 안에 챙겼다. 그러고는 곧바로 옆에 놓여 있는 보자기에 침통과 약제 몇 개를 담기 시작했다.

그가 보자기를 둘둘 말아 등 뒤에 멨다.

혁련휘는 자신의 옆에 와 선 의원을 힐끔 쳐다보고는 물었다.

"준비는?"

"끝났습니다. 이제 바로 가시면 될 것 같습니다."

대답이 떨어지기 무섭게 혁련휘는 갑자기 의원들 어깨에 둘러멨다. 그런 그의 행동에 의원이 당황한 듯 물었다.

"가, 갑자기 왜 이러시는 겁니까?"

"거리가 제법 멀거든."

그 말을 끝으로 혁련휘의 몸이 거짓말처럼 의방에서 자취를 감췄다.

약 반 시진 가까운 시간이 지났을 무렵, 비설이 기다리고 있는 동굴로 혁련휘가 의원을 둘러멘 채로 모습을 드러냈다.

어깨에 메인 채로 늘어져 있는 의원의 얼굴은 이미 반쯤 넋이 나간 듯한 모습이었다.

말도 안 되는 속도를 처음 접한 그로선 당연한 반응이었다.

비설이 있는 동굴 입구에 도착해서야 속도를 멈춘 혁련휘가 이내 의원을 내려놓았다.

멍하니 있던 그가 그제야 정신을 차리고는 식은땀을 닦아 냈다.

긴장으로 인해 온몸이 뻣뻣하게 굳은 상황.

혁련휘가 동굴 안쪽으로 그를 안내했다. 그리고 동굴 안에서는 그런 혁련휘를 기다리고 있는 비설이 자리하고 있었다.

그녀는 혁련휘가 시킨 대로 복면을 쓴 채로 둘을 맞았다.

"오셨어요?"

"별일 없었고?"

"다행히요."

웃으며 대답하는 비설을 바라보던 혁련휘가 이내 시선을 돌려 의원을 확인했다. 그러고는 그를 향해 부탁한다는 듯 가볍게 고개를 끄덕였다.

의원이 조심스레 비설에게 다가갔다.

"잠시만 확인하겠습니다."

말을 마친 그가 비설의 눈 상태를 먼저 살폈다. 그러고는 곧바로 조심스레 맥까지 확인하고는 작게 고개를 끄덕였다.

그런 의원을 향해 기다렸다는 듯 혁련휘가 다급히 물었다.

"상태는?"

"그리 걱정 안 하셔도 됩니다. 제가 준비해 온 약제와 침만 맞으시면 금세 차도를 보실 겁니다."

"······다행이군."

그제야 혁련휘는 눈에 잔뜩 들어가 있던 힘을 풀었다.

별거 아니라 생각을 하면서도 내심 얼마나 걱정이 됐던 가. 그러던 차에 의원을 통해 어렵지 않게 치료될 거라는 말을 들으니 마음이 놓였다.

의원은 준비해 왔던 약재를 깨끗한 천에 문지른 채로 그 걸 조심스럽게 비설의 눈 부분을 감쌌다.

그리고 침통을 꺼내 손등부터 해서 몇 군데 침까지 놨다.

그가 보자기에 있던 약재들 중 일부를 꺼내 옆에 두고는 짧게 말했다.

"이대로 반 시진 정도만 있으시면 한결 나아지실 겁니 다. 그리고 되는대로 제가 드린 약재까지 챙겨 드시면 더 상태는 좋아지실 거고요."

"그럼 치료는 끝난 건가?"

"예, 이제 시간만 지나면 될 겁니다."

대답을 한 의원이 슬그머니 혁련휘의 눈치를 살폈다. 너 무 간단한 치료라 약속했던 다른 금덩이를 받을 수 있을까 염려하는 것이었는데······.

혁련휘가 품 안에 손을 넣더니 아까와 비슷한 크기의 금 덩이를 꺼내 그의 가슴 쪽으로 휙 던졌다. 금을 받아 든 의 원의 입이 찢어질 듯 귓가에 걸렸다.

혁련휘가 짧게 말했다.

"가 봐."

"그, 그러겠습니다. 아 참 그리고 절대 두 분을 만난 이 야기는 발설 안 할 테니 염려하지 않으셔도 됩니다."

그런 연유로 자신에게 뭔가 해코지를 하지 않을까 지레 걱정하고 있던 의원이 묻지도 않았는데 먼저 말을 꺼냈다.

그런 그를 혁련휘가 물끄러미 바라보다 고개를 끄덕였다.

"그러시든지."

"예, 그럼 전 이만 가 보겠습니다."

대답을 한 그가 황급히 동굴 바깥으로 빠져나갔다. 의원 이 사라지는 기척을 확인하고서야 비설이 말했다.

"발설하면 죽이겠다고 형님이 협박이라도 하셨어요?"

"아니."

"그런데 왜 갑자기 저런데요."

"내가 어떻게 할 줄 알았나 보지."

혁련휘가 대수롭지 않게 말했다.

스스로가 자신들에 대해 말하지 않는다기에 그러라고 했 지만 사실 그는 별생각이 없었다.

어차피 복면을 쓰고 있어 정체가 들통 나지 않은 상황이 었기에, 자신들을 만나 치료해 줬다는 걸 발설해도 전혀 상 관이 없었던 탓이다.

괜한 살생을 하고 싶지 않아 하는 비설 때문에 그곳에서 도망친 것이지 혁련휘의 성격상 굳이 자신들을 쫓는 자들을 피할 이유도 없었고 말이다.

눈에 붕대를 동여맨 채로 비설이 갑자기 어색하니 웃으며 말을 걸어왔다.

"그런데요…… 형님."

"왜?"

비설이 자신의 배를 문지르며 말했다.

"혹시 먹을 건 안 사 오셨나요? 허기가 져서요."

이런 와중에도 먹을 걸 찾는 비설을 보며 혁련휘는 기가 차다는 표정을 지어 보였다.

어처구니없다는 듯이 혁련휘가 짧게 대꾸했다.

"가지가지 한다."

이각이 조금 지난 시각.

비설은 손에 쥐여 준 만두를 허겁지겁 베어 물었다. 그녀는 여전히 붕대를 눈에 동여맨 상태로 뭐가 그리도 좋은지 입가에 함박웃음을 머금었다.

가지가지 한다며 핀잔을 줬던 혁련휘였다.

그렇지만 그런 말과는 달리 곧장 일어난 그는 가장 가까운 마을 객잔으로 가서 만두를 사 왔다.

반대편에 앉아 만두를 먹으며 연신 웃고 있는 그녀를 바라보고 있던 혁련휘가 물었다.

"그렇게 맛있어?"

"맛은 평범한데 시장이 반찬이라는 말이 있잖습니까, 형님. 배고프니까 뭘 먹어도 꿀맛인데요."

붕대를 한 채로 비설은 손에 쥔 만두를 다 먹어 삼켰다.

그러고는 이내 다른 걸 찾겠다는 듯 땅바닥으로 손을 내렸다.

혁련휘가 그런 그녀의 손을 황급히 막았다.

"가만있어. 손에 흙 묻어."

말과 함께 혁련휘는 만두 하나를 다시금 비설의 손에 쥐여 줬다.

다시금 만두를 받아 든 그녀가 웃으며 혁련휘에게 말했다.

"형님도 드세요."

"됐어. 만두 귀신한테서 만두 뺏어 먹었다가 무슨 꼴을 보라고."

"에이, 아니에요. 다른 사람은 몰라도 형님한테는 만두 정도 충분히 양보할 수 있거든요."

"네가?"

"그럼요."

고개를 끄덕이며 만두를 집어삼키던 비설이 아무렇지 않

게 말을 이었다.

"만두보다 형님이 훨씬 더 좋거든요."

맞은편에 있던 혁련휘는 그 말에 움찔했다가 스스로도 어처구니가 없었는지 작게 고개를 저었다.

만두보다 자신이 좋다는 한마디가 왜 그리도 신경 쓰이는지 도통 이해할 수가 없었다.

혁련휘는 묘한 표정으로 팔짱을 끼고 비설을 응시했다.

그녀는 그런 혁련휘의 시선도 모른 채로 그가 사 가지고 온 만두를 깨끗하게 싹 비워 냈다.

비설이 환히 웃으며 말했다.

"아, 잘 먹었다."

그런 그녀를 향해 혁련휘가 물었다.

"얼추 그 의원이 말했던 시간이 된 것 같은데."

"그럼 한번 확인해 볼까요?"

비설이 자신의 눈을 동여매고 있는 붕대를 쥐며 물었다. 그런 그녀의 물음에 혁련휘가 고개를 끄덕이며 대답했다.

"그러지."

혁련휘의 대답에 비설은 머리 뒤로 묶인 끈을 슬그머니 풀어냈다. 그러자 이내 붕대가 툭 하고 떨어졌다.

비설은 눈 부분에 묻어 있는 약재들을 소매로 간단히 닦아 냈다. 그러고는 이내 계속해서 감고 있던 눈을 천천히 뜨기 시작했다.

비설이 눈을 뜨자 혁련휘가 황급히 고개를 들이밀며 물었다.

"어때? 보여?"

들려오는 혁련휘의 목소리.

그리고 이내 비설의 찌푸려진 눈 사이로 천천히 어둠이 밀려 나가며 주변의 사물들이 조금씩 들어오기 시작했다.

흐릿했던 모든 것들이 또렷이 변하는 순간.

비설이 떨리는 목소리로 입을 열었다.

"……보여요."

보인다.

바로 코앞에서, 그런 자신을 걱정스레 바라봐 주는 이 사내가.

두근두근.

빛과 함께 찾아드는 혁련휘의 모습을 비설은 그저 말없이 응시할 뿐이었다. 그녀가 다시금 떨리는 목소리로 입을 열었다.

"아주…… 또렷이요."

비설이 보이기 시작한 건 혁련휘뿐만이 아니었다.

자신의 마음이, 아주 조금씩 보이기 시작했다.

9장. 가지치기

— 때가 됐군

혁련휘가 비설과 함께 마교로 돌아오고 있을 무렵.

마찬가지로 누군가를 뒤쫓아 마교를 벗어났던 이가 한 명 있었으니, 그자의 정체는 다름 아닌 우치였다.

우치는 비설과 만났던 정체를 알 수 없는 상대의 뒤를 여전히 캐고 있었다.

멀리 거리를 벌린 채로 사람들 사이로 걸어 다니는 상대를 바라보며 우치가 속으로 투덜거렸다.

'대체 어디까지 가려는 거야?'

이렇게 몰래 뒤를 쫓아다니는 건 우치에게 맞지 않았다.

워낙 눈에 띄는 인상의 그였기에 사람들의 이목을 숨기

는 것 또한 그리 수월치 않았다.

더군다나 금방 뭔가를 알아낼 거라는 예상과 달리 상대는 아무런 단서도 흘리지 않았다. 마교에서 빠져나간 걸로 모자라 중원이 아닌 서역 쪽으로 방향까지 틀었으니, 그 뒤를 쫓는 우치의 입장에선 답답할 수밖에 없었다.

'생각보다 너무 길어지는데.'

우치는 마교 내부에서 해야 할 일이 있었다.

그리고 그 일은 자신의 우두머리가 시킨 것들이다. 자신의 개인적인 원한 때문에 잠시 임무를 뒤로하고 뒤를 쫓던 것인데…….

중원도 아닌 서역 쪽으로 움직이는 자를 언제까지나 쫓고 있을 수도 없었다.

'쳇, 그놈의 비밀을 알 수 있는 절호의 기회였는데.'

우치는 입맛을 다셨다.

내심 아쉽긴 했지만 이토록 오래 자신의 임무를 소홀히 할 순 없는 노릇. 결국 우치는 내키진 않지만 결단을 내려야 했다.

돌아가야 한다.

그렇지만…….

우치의 시선이 멀리에서 움직이는 그자에게 틀어박혔다.

처음까지만 해도 복면을 쓰고 있었지만 마을로 들어오

면서부터 사람들 사이에 섞일 생각이었는지 얼굴을 드러낸 상태.

우치가 그를 바라보며 씨익 웃었다.

'그냥 돌아갈 수는 없지.'

이왕 이렇게 된 것 작전을 변경한다.

우치는 적당히 벌려 두었던 거리를 빠르게 좁히고 들어 갔다.

그리고 이내 기회가 찾아왔다.

우치가 쫓는 그자가 인적이 드문 장소로 들어선 것이다.

뒤에서 몰래 따라 걷던 우치의 눈동자가 빛났다.

그가 가볍게 손가락 관절을 꺾으며 굳었던 몸을 풀었다.

그렇게 은밀하게 뒤를 쫓아 들어가던 우치가 결국 뒤편 에서 그를 불러 세웠다.

"어이, 거기."

갑작스럽게 부르는 소리에도 비설과 만났던 북천회의 사 내는 그것이 자신일 거라고는 생각지도 않았는지 그대로 걸어가고 있었다.

그러자 우치의 목소리가 커졌다.

"너 말이야, 너!"

버럭 소리치는 소리에 결국 그는 걸음을 멈추고 뒤를 돌 아봤다.

그러고는 이내 주변을 두리번거리다가 아무도 없음을 발견하고는 스스로를 가리키며 물었다.

"지금 나에게 말을 건 것이오?"

"그럼 여기 너 말고 다른 놈이 있기나 하냐?"

피식 비웃으며 우치가 성큼 다가왔다.

그런 우치를 보며 사내가 표정을 구겼다. 상대의 행색이 뭔가 범상치 않아 보인다. 변발에 말도 안 될 정도로 뚱뚱한 몸집.

허나 비대해 보이는 몸은 결코 무인으로 보이진 않았다.

특이하긴 했지만 위험하다는 생각은 들지 않는 상대. 사내는 우치를 그리 판단했다.

그가 기분 나쁜 투로 말했다.

"날 아시오?"

"아니. 모르지."

"그런데 초면부터 이리 무례를 범해도 되는 거요?"

"이 정도로 무례라고 하면 곧 있을 건 뭐라고 해야 될지 모르겠네?"

"곧 있을 것?"

알 수 없는 말에 사내가 고개를 갸웃할 때였다.

우치가 그런 그를 향해 유쾌한 목소리로 말했다.

"응. 네놈을 잡아다가 사지를 찢어발길 거거든. 그러니 미리 사과할게. 미안, 내가 널 죽일 거야."

"……뭐요?"

사내의 표정이 심각하게 변했다.

갑작스레 뒤에서 모습을 드러낸 자. 그런데 그런 자가 자신을 찢어발기겠다고 말하고 있다. 불쾌감과 더불어 왠지 모를 불안감이 엄습한다.

허나 사내는 이내 마음을 다잡았다.

'상대는 하나다.'

무공을 익혔을 것 같지 않았지만 그건 직접 겨루기 전까진 알 수 없는 노릇. 그럴듯한 외공을 지닌 상대일지도 모른다고 판단하며 사내는 긴장의 끈을 놓지 않았다.

무림에 전혀 이름이 알려지진 않았지만 그는 자신의 실력에 자신이 있었다.

마도천하.

그랬기에 죽은 듯이 살아온 자신이다. 만약 정사가 함께 있던 그 시기였다면 무림에서 이름 꽤나 알렸을 거라 자신할 실력 정도는 지녔다는 거다.

애초에 비설에게 임무를 전하러 갔다는 것. 그것이 의미하는 건 그의 실력이 결코 녹록지 않다는 걸 의미했다.

마교에 잠입할 정도의 실력을 지녔다는 걸 뜻했으니 말이다.

그만한 고수라면 어지간한 자를 상대로 패할 리가 없다. 그런 자신감 때문이었을까?

그가 짧게 말했다.

"사과는 널 쓰러트린 후에 받지."

"그럼 그 사과 영영 못 받을 텐데."

히죽 웃으며 말을 내뱉은 우치가 자신의 섭선을 펼쳐 보였다. 쫙 펴진 부챗살로 얼굴을 가린 그의 눈초리가 비웃듯이 휘어졌다.

'저놈이?'

표정을 굳힌 채로 서 있던 사내의 몸이 갑자기 사라졌다. 그리고 이내 그의 몸은 놀랍게도 거리를 좁히고 들어가 우치의 뒤편에 자리하고 있었다.

그의 소매에서 빠져나온 짧은 검 한 자루가 우치의 목으로 날아들었다.

'끝났어!'

사내는 자신했다.

그렇지만…….

카앙!

막 목에 검이 닿으려는 직전 섭선이 검을 막아 냈다. 섭선으로 검을 막아내자 사내의 눈이 놀란 듯 크게 치켜떠졌다.

"끝인 줄 알았지?"

비웃듯 말하는 우치의 한마디.

그리고 갑자기 하늘 위에서 커다란 손이 번개처럼 떨어져 내렸다.

쩌억!

머리통을 정확하게 가격당한 사내의 몸이 머리에서부터 발끝까지 전신이 터져 나간 듯한 충격에 휩싸였다. 그리고 그 순간 그의 눈과 입을 비롯한 몸에 있는 모든 구멍에서 피가 쏟아져 나왔다.

사내가 휘청하며 쓰러지려고 할 때였다.

우치가 쓰러지려는 사내를 부축했다.

그가 웃으며 말했다.

"어이, 아직 누우면 안 되지. 이제부터 시작인데 말이야."

"주, 죽여라……."

말을 내뱉기 위해 벌려진 사내의 입 안은 이미 엉망이었다.

이빨은 피에 젖어 있었고, 쉼 없이 뭔가가 속에서 올라오고 있었다.

그런 사내의 말에 우치가 대꾸했다.

"그래. 죽여 주지. 단 하나만 대답한다면 아주 편하게 죽여 줄게."

말을 마친 우치가 갑자기 두꺼운 손바닥으로 그의 턱을
올려 잡았다.

무너지려는 고개를 억지로 들어 올린 우치가 웃는 얼굴
로 물었다.

"비설, 뭐 하는 새끼야?"

"……!"

비설의 이름이 거론되는 순간 사내의 새파랗던 안색이
딱딱하게 굳었다.

갑작스레 나타나 자신을 일격에 재기 불능의 상태로 만든
자. 그런 그가 알고자 하는 건 다름 아닌 비설의 정체였다.

그런 사내의 반응을 보며 우치는 확신했다.

'역시 뭔가를 알고 있어.'

더 뒤를 쫓지 못하고 이리된 게 내심 아쉽긴 했지만…….

우치가 재차 말했다.

"그것만 말해. 그럼 편히 죽게……."

"퉤!"

우치의 말이 끊어졌다.

그는 여전히 웃는 얼굴로 자신의 얼굴에 묻은 사내의 침
을 닦아 냈다. 우치가 재미있다는 표정으로 그를 바라봤다.

그리고 그런 우치를 쏘아보며 사내가 힘겹게 말을 내뱉
었다.

"이게 내 대답이다, 돼지 새끼야."

"……그래?"

으드드득!

"으, 으어어어!"

우치의 손이 그대로 사내의 턱관절을 부숴 버렸다. 엄청난 고통과 함께 비명이 터져 나왔다. 그렇지만 턱관절이 나간 탓인지 비명조차도 제대로 된 소리로 나오지 않았다.

우치가 거칠게 사내의 입을 틀어막았다.

그가 잔인한 미소를 머금은 채로 사내에게 작은 목소리로 속삭였다.

"쉿, 조용해야지. 이제부터 시작인데 벌써 그리 떠들어서 다른 사람들이 오면 흥이 깨지잖아."

빠드득!

그 말과 함께 우치의 다른 손이 사내의 손가락뼈를 하나씩 으깨기 시작했다.

고통으로 인해 사내의 눈동자가 뒤집혔다.

엄청난 고통.

그랬기에 사내는 자결을 택했다.

그렇지만 우치는 그를 쉬이 죽게 놔두지 않았다. 자결하기 위해 혀를 깨물려 했지만 우치의 손이 보다 빨랐다.

입을 막고 있던 손이 빠르게 혀를 움켜잡았다.

우치가 혀를 잡은 채로 말했다.

"어딜 그렇게 편히 가시려고. 손가락뼈를 다 부쉈으니……."

우치의 눈에 피에 젖은 사내의 이빨이 보였다.

그걸 확인한 그가 손가락으로 이빨 하나를 움켜쥐며 말했다.

"이번엔 이빨이야."

빠악!

이빨과 함께 피가 터져 나갔다.

*　　　*　　　*

"대장!"

약속했던 삼 일이 채 지나기 전에 도착한 혁련휘를 환야가 반갑게 맞았다.

혁련휘에게 먼저 예를 취했던 그는 이내 뒤편에 있는 비설을 확인했다.

환야가 그녀를 향해 잔소리를 늘어놓았다.

"그렇게 갑자기 나가서 우리가 얼마나 걱정했는지 아냐? 우치라는 놈이 노린다고 그리 경고했는데 하여튼 사고뭉치라니까."

"죄송해요, 아저씨."

비설은 그런 그를 향해 사과했고, 환야는 고개를 절레절레 저었다.

다른 이었다면 더 큰 잔소리로 이어졌겠지만 상대는 비설이었다. 우치에게 표적이 된 이유 자체가 자신을 구하다 생긴 일이다 보니 더는 뭐라 하기엔 어려웠던 탓이다.

그런 환야를 향해 혁련휘가 말을 걸었다.

"그간 별일은 없었고?"

혁련휘의 물음에 환야가 재빠르게 보고했다.

"예, 별다른 일은 없었고 마혈적가의 가주가 한 번 찾아왔었습니다."

"적인호가?"

"예."

"무슨 용무로."

"특별히 중요한 건 아니었던 것 같습니다. 단지 다른 칠대천들이 뭔가 다음 수를 준비하는 것 같은데 이대로 있으실 건지 의중을 여쭈더군요."

"……그렇군."

혁련휘를 따르기로 한 이들의 수장 격인 적인호는 지금이 칠대천을 몰아칠 적기라 여기고 있었다. 그렇지만 딱히 명분이 없으니 뭔가 일을 벌이기도 어려운 상황이었다.

자리에 앉은 혁련휘가 나지막이 중얼거렸다.

"슬슬 때가 된 건가."

"때요?"

물어 오는 환야를 향해 혁련휘가 대꾸했다.

"흑거미들의 거점에서 구했던 장부는?"

혁련휘의 그 한마디에 환야의 눈동자가 빛났다. 흑거미들의 장부라는 말에 이미 혁련휘가 하고자 하는 걸 예측한 모양이다.

환야가 재빠르게 대답했다.

"준비되어 있습니다."

그런 혁련휘와 환야의 대화에 비설이 궁금하다는 듯이 끼어들었다.

"갑자기 흑거미는 왜요?"

흑거미의 일은 비설과도 큰 연관이 있었다.

그녀가 여인의 모습으로 잠입해서 뒤집어엎었던 곳이 바로 그곳이 아니던가. 그런 그녀의 질문에 혁련휘가 고개를 끄덕였다.

"거기서 구한 장부가 있거든."

"그런데 지금 그 장부가 왜요?"

흑거미의 장부를 얻은 지는 꽤나 오랜 시간이 지났다. 그리고 그 내부에 적혀 있던 조사가 끝난 것도 꽤 됐다.

그럼에도 불구하고 혁련휘는 그 장부를 통해 환영학관 부학장이었던 단노백과 거래만을 했을 뿐 그 이후엔 아무런 곳에도 사용하지 않았다.

허나 그건 모두 때를 기다리고 있었던 것이다.

그 안에 적혀 있던 수많은 뒷거래에 대한 정보들.

인신매매를 비롯한 각종 악행을 통해 벌어들인 돈의 많은 부분이 이곳 마교로 흘러들어 왔다. 그리고 그것들은 칠대천의 배를 부르게 했다.

물론 그 모든 게 칠대천과 직접적으로 이어져 있지는 않다.

대부분이 칠대천의 하위 조직들과 연결되어 다시금 위로 상납되어지는 형태.

칠대천으로서도 분명 곤란한 비밀이었다.

그렇지만 혁련휘는 그 패를 아꼈다.

힘이 없을 때 던진다면 그 정도 선에서의 피해밖에 주지 못할 걸 알았기에.

허나…… 이젠 아니다.

칠대천 중 두 개를 휘하에 넣었고, 또 다른 여타의 세력들 중 일부가 혁련휘 아래로 들어왔다. 힘이 생긴 지금 혁련휘가 마침내 칼을 뽑아 들기로 마음먹은 것이다.

혁련휘가 노리는 건 칠대천이 아니다.

그들의 아래에 있는 중소 세력들이다.

그렇지만 그들이 피해를 입는다면 결국 그들을 초석 삼아 커지고 있는 칠대천 또한 흔들릴 수밖에 없는 것이 자명한 사실.

"환야."

자신을 부르는 소리에 환야가 하명하라는 듯이 고개를 끄덕였다.

그리고 그런 그를 향해 혁련휘가 명령을 내렸다.

"가지치기, 시작해."

뿌리가 아닌 가지부터 쳐 낸다.

썩은 뿌리를 도려내는 건…… 그들에게 가는 영양분을 모두 제거한 이후다.

*　　　*　　　*

혁련휘가 움직이기 시작했다.

정확히 말하자면 그의 아래로 들어온 휘하 세력들이 움직였다 말해야 옳을 것이다. 그들은 명령을 받자마자 기다렸다는 듯이 움직였다.

혁련휘가 가지고 있는 흑거미의 비밀 장부.

해선 안 될 악행으로 모은 검은돈을 받아 챙긴 이들을 처벌하기 시작한 것이다.

금방 끝날 거라 여겼던 일.

그렇지만 그건 착각이었다. 혁련휘가 지닌 흑거미의 비밀 장부는 생각보다 치밀했고, 그 덕분에 그는 수많은 중소 세력의 수장들을 처벌할 명분을 가질 수 있었다. 그리고 이어지는 처단.

겉보기엔 중소 세력들의 잘잘못을 가려 마교의 기강을 바로잡는 것 같아 보였지만…… 어느 정도 눈치가 있는 자라면 알 수밖에 없었다.

이 모든 것이 칠대천에게도 타격을 주고 있다는 사실을.

선두에 선 마혈적가는 빠르게 혁련휘의 명대로 그런 그들에게 죄의 대가를 치르게 하고 있었다.

마교에 불기 시작한 자그마한 소란.

그렇지만 그 소란이 얼마나 커질지는 아직 감조차 오지 않았다.

칠대천조차 바짝 긴장의 날을 세우고 혁련휘의 움직임을 예의 주시하는 지금.

막상 혁련휘의 거처는 평온했다.

그가 나타나기 전까지는 말이다.

부의민은 언제나처럼 훈련에 열중이었다. 그리고 달치는 바닥에 누운 채로 낮잠을 즐겼다.

혁련휘는 환야와 함께 뭔가 중요한 대화를 나누고 있었고, 유일하게 혼자 할 것이 없었던 비설만이 마당 한편에 자리한 채로 부의민을 구경하고 있었다.

한참을 검과 씨름하던 부의민이 이내 자신을 구경하는 비설을 힐끔거리다 조심스레 다가왔다.

"어이."

자신을 부르자 턱을 괸 채로 구경만 하던 비설이 왜 부르냐는 듯이 그를 올려다봤다. 부의민이 자신의 콧잔등을 손가락으로 긁적거리다가 조심스레 물었다.

"뭐가 문제 같아?"

"네?"

"그게…… 넌 알잖아. 지금 뭐가 문제인지."

말을 하는 부의민은 어색하니 몸을 돌린 채로 말했다.

사실 무인으로서 쉽지 않은 선택이었다. 다른 이도 아닌 학관의 학생으로 만났던 비설에게 무공에 대한 조언을 구한다는 건 교관이었던 부의민의 입장에서 부담스러운 일이었다.

그럼에도 불구하고 부의민은 그런 자존심을 버리면서까지 비설에게 조언을 얻고자 하는 것이다.

이유는 하나.

강해지고 싶었으니까.

생각지도 못한 부의민의 물음에 잠시 당황했던 비설이었
지만 그런 그의 속내를 알아서인지 이내 자리를 박차고 일
어났다.

그녀가 부의민의 옆으로 가서 섰다. 그러고는 땅에 떨어
져 있는 목검 중 하나를 가볍게 발로 차서 허공으로 띄우며
낚아챘다.

비설이 말했다.

"아저씨의 약점이 뭔지 알아요?"

"내 약점? 음, 아무래도 내공이……."

부의민의 말이 이어지는 순간 비설이 기다렸다는 듯이
말을 잘랐다.

"지금 그게 약점이에요. 내공이 모자라다고 생각하시는
거요."

"어?"

생각지도 못한 비설의 지적에 부의민이 당황한 듯 되물
었다. 그런 그를 향해 비설이 설명을 이어 가기 시작했다.

"내공이 모자라다 생각하시니까 이렇게 나아가야 할 때
위축되죠. 위축되는 만큼 보법이 이렇게 반보 정도 뒤로 밀
려요. 그 반보가 차이를 만드는 거예요."

반보.

정말 짧은 거리다.

그렇지만 종이 한 장 차이로 생사가 갈리는 무인들에게 그 반보란 때론 어떠한 것보다 커다란 차이가 될 수 있었다.

비설이 목검으로 바닥을 주욱 그었다. 바닥에 그은 선을 가리키며 비설이 말했다.

"아까 거기부터 다시금 움직여 보세요. 대신 마지막 순간의 발걸음은 여기까지는 오셔야 돼요."

비설의 신신당부에 부의민은 고개를 끄덕이고는 원래의 시작점으로 가서 섰다.

그가 길게 숨을 내쉬었다.

열흘 가까이 이 움직임 하나를 성공시키기 위해 부단히 노력했다.

그렇지만 매번 반복되어지는 실패에 자괴감마저 들고 있었다.

그러던 중 비설에게 들은 충고.

부의민은 최대한 긴장을 풀고 천천히 검을 움직이며 그에 맞춰 정해진 보법을 밟기 시작했다.

타타탓!

빠르게 휘몰아치는 검, 그리고 그런 검을 날카롭게 만들어 주는 보법이 하나가 되는 순간. 마침내 부의민의 몸이 허공을 나는 듯한 착각과 함께 마지막 일검을 내뻗을 수 있었다.

촤르르륵!

날카로운 기운이 검 끝에 맴돈다.

그리고…….

"우왓! 성공이다!"

밀려드는 기쁨과 동시에 부의민이 눈에 쌍심지를 돋우며 비설에게 달려들었다. 득달같이 달려온 부의민이 비설에게 말했다.

"야! 알았으면 미리 말 좀 해 주지 그랬어! 괜히 열흘 가까이 헛고생만 했잖아."

부의민의 장난에 가까운 타박에 비설이 씩 웃으며 말했다.

"그냥 가르쳐 주면 그건 아저씨 것이 아니잖아요."

"……뭐?"

"그리고 아마 바로 설명해 줬다면 아저씨는 못 했을걸요. 그렇지만 그동안 최대한 몸에 보법을 익혔고, 또 해내고 싶은 욕심이 있으셨으니까 단번에 성공하신 거죠."

간절함.

그것이 있었기에 가능했다는 비설의 말에 부의민은 피식 웃었다.

무슨 말도 안 되는 소리냐고 핀잔을 주고도 싶었지만 비설의 말이 꼭 틀리지만은 않을 거라는 걸 알아서다.

비설의 말대로 바로 해결책만 들었다면 과연 이 무공에

대해 이토록 고민을 했을까?

아니, 아마도 쉽게 넘어갔고 그만큼 또 쉽게 잊었을지도 모른다.

그런 부의민을 향해 비설이 말을 이어 갔다.

"귀로 들은 건 쉽게 까먹어요. 하지만 몸이 익힌 방법은……."

"위험한 순간 자연스레 빛을 발하게 되지."

그 순간 갑자기 들려온 낯선 목소리.

이야기를 나누고 있던 비설이 놀란 듯 말을 멈췄다. 그녀의 뒤편으로 대략 십여 보 정도.

그곳에는 커다란 죽립으로 얼굴을 가리고 있는 누군가가 자리하고 있었다.

멀다면 멀고 가깝다면 가까운 거리.

그렇지만…… 알아차리지 못했다.

이 정도의 거리라면 공격을 펼치기에도 충분한 위치다. 그 정도로 위험한 위치에 누군가가 서 있는 걸 알지 못했다.

그것도 다른 이도 아닌 비설이 말이다.

제아무리 뛰어난 자라 해도 자신의 간격 안에 들어오는 걸 모르지 않을 거라 자부했던 그녀다. 그런 비설의 자신감이 산산조각이 나는 순간이었다.

비설은 딱딱하게 굳은 채로 모든 신경을 뒤로 집중했다.

비설의 반응에 죽립 아래에 드러난 그의 입이 재미있다는 듯이 치켜 올라갔다.

그녀의 날카로운 감각이 자신을 훑고 지나갔다는 걸 느낀 탓이다. 저토록 어린 무인이 할 만한 행동이 아니다.

죽립을 쓴 사내가 입을 열었다.

"젊은 친구가…… 제법이군."

그 한마디에 비설은 손끝이 저릿할 정도의 긴장감에 휩싸였다.

그자는 지금 자신이 감각을 일으켜 세워 그를 견제하고 있다는 사실까지 알아차린 것이다.

절대십마라 불리며 중원을 휘어잡는 최고 고수들과도 마주 서 봤던 비설이다.

묵룡천가 가주 천위극과도, 흑랑방을 이끌고 있는 장룡을 마주했을 때도 이런 압도적인 느낌을 받은 적이 없는 그녀다.

그 말은 곧 지금 자신의 뒤를 잡은 자가 그 둘보다 강한 자라는 것인데…… 과연 그게 가능할까?

비설은 긴장한 얼굴로 바짝 마른 입술을 가볍게 깨물었다.

만약 지금 이자가 공격을 감행한다면?

최소 팔 하나는 내줘야 하는 상황이 올지도 모른다.

그런 비설의 긴장을 모른 채로 부의민이 땀을 닦아 내며
소리쳤다.

"누구십니까? 여기는 그냥 막 들어오시면 안 되는 곳입
니다."

"흐음. 내가 갈 수 없는 곳이 마교 내에 있는 줄은 오늘
처음 알았군."

"뭐요? 이곳은 대공자님의 거처입니다. 용건을 말하시면
제가 안에……."

부의민이 경고하고 있었지만 상대는 아랑곳하지 않고 안
쪽으로 걸음을 옮기기 시작했다. 그런 상대의 행동에 부의
민이 재빠르게 길목을 막아선 채로 손을 뻗어 그자를 막아
서려 했다.

바로 그때였다.

휘익!

부의민의 눈에 들어온 것은 새파란 하늘이었다. 자신도
모르는 그 짧은 순간 부의민은 이미 허공을 한 바퀴 돌며
바닥에 널브러져 있는 것이다.

'……내가 당했어?'

대체 언제 당했는지조차 모르겠다.

그저 갑자기 자신이 누운 채로 하늘을 올려다보고 있다
는 사실만을 인지할 수 있을 뿐이었다.

놀란 부의민의 얼굴에 그늘이 드리워졌다.

죽립을 쓴 그가 태양을 가리고 선 탓이다. 악에 받쳐 일어나려던 부의민은 위를 올려다보는 구도 탓에 상대방의 얼굴을 확인할 수 있었다.

그리고 그 얼굴을 보는 순간 치밀던 분노가 거짓말처럼 사라졌다.

상대의 정체를 알아봤기 때문이다.

부의민이 알아본 그가 가볍게 손목을 풀며 입을 열었다.

"이런, 생각보다 손이 먼저 나갔군. 이해해 주게. 누가 내 몸을 만지는 걸 용서하는 성격이 아니라 말이야."

상대의 중얼거림. 그 중얼거림에 정신을 차린 부의민이 황급히 자리에서 일어나 무릎을 꿇으며 예를 갖췄다.

그의 입에서 놀라운 말이 터져 나왔다.

"교, 교주님을 뵙습니다!"

죽립 아래로 훔쳐본 상대의 얼굴, 자신이 적의를 드러냈던 상대는 다름 아닌 마교 교주 혁무조였던 것이다.

예를 갖추는 부의민을 향해 혁무조가 가볍게 손을 들어 올리며 대꾸했다.

"조용히 찾아온 것이니 목소리를 낮추거라."

혁무조의 말에 부의민이 고개를 끄덕였다.

그리고 교주라는 말에 여전히 등을 돌린 채로 긴장하고

서 있던 비설이 그제야 몸을 돌릴 수 있었다.

'교주? 형님의 아버지라고?'

비설이 고개를 돌려 놀란 얼굴로 상대를 바라봤다. 그러자 죽립을 쓰고 있던 혁무조가 천천히 끈을 풀고는 이내 얼굴을 드러냈다.

벗어 던진 죽립 안에는 혁련휘와 많이 닮은 한 중년 사내가 자리하고 있었다.

날카로운 분위기와 저 눈빛까지.

혁련휘가 나이가 들면 저런 느낌일까 하는 생각이 절로 들게 하는 외모였다.

놀란 비설의 눈빛을 마주한 혁무조의 시선이 빠르게 그녀를 훑었다. 그러고는 이내 뭐가 그리도 재미있는지 입가에 가벼운 미소를 머금었다.

"이거야 원…… 정말 재미있는 녀석을 데리고 있었군그래."

뜻 모를 중얼거림을 내뱉은 혁무조의 시선이 비설에게 틀어박혀 있었다.

비설을 향한 흥미 있다는 듯한 시선을 부의민에게로 돌리며 혁무조가 입을 열었다.

"자네 언제 나와 본 적이 있던가?"

"예? 예! 아주 오래전에 검위영에 몸담았었습니다."

"검위영? 어쩐지 낯이 익다 했더니 그래서였군. 검위영이라…… 그리운 이름이야."

교주 직속 그림자 부대였던 검위영이라는 말에 혁무조가 잠시 부의민을 응시했다. 검위영 소속이다 보니 자연스레 몇 차례 멀리서나마 스치듯 본 순간이 있었던 것이다.

그리고 그 짧은 순간을 기억해 줬다는 것만으로 부의민은 알 수 없는 감격에 젖어야 했다.

상대가 누구인가.

천하의 주인이라 해도 손색없을 사내.

그런 사내가 기억해 준다는 것만으로도 영광 그 자체였다.

혁무조는 그런 가치가 있는 사내였다.

혁무조의 등장에 자그마한 소란이 일고 있는 그때였다.

덜컹.

닫혀 있던 혁련휘의 방문이 열렸다.

그리고 그곳에는 마찬가지로 갑작스러운 혁무조의 등장에 당황한 환야와, 무뚝뚝한 표정의 혁련휘가 자리하고 있었다.

혁무조를 발견한 그가 이내 표정을 찡그렸다.

혁련휘가 입을 열었다.

"당신이 왜 여기에……."

"날도 추워지는데 아들을 찾아온 아비를 이리 밖에 세워 둘 생각이냐?"

"……."

혁련휘는 말없이 혁무조를 바라봤다.

전혀 속내를 읽을 수 없는 눈동자로 자신을 마주하고 있는 혁무조.

대체 이곳에 그가 왜 모습을 드러낸 것인가?

그리 만나고 싶지 않았던 자다.

그렇지만 혁무조가 움직였다는 건 결코 가볍지 않다. 그가 뭔가 할 말이 있을 거라는 걸 혁련휘는 알고 있었다.

그랬기에 혁련휘가 고개를 끄덕였다.

"들어……오시오."

말을 마치고 돌아서는 혁련휘가 있는 방을 향해 움직이며 혁무조가 작게 투덜거렸다.

"이거야 원 아들놈 만나는 게 이리 힘들어서야."

말을 마치며 혁련휘가 있는 방으로 들어서려던 혁무조의 시선이 잠시 비설과 마주했다.

딱딱하게 굳은 비설을 바라보던 혁무조의 입가에 알 수 없는 미소가 걸렸다.

그러고는 이내 그는 혁련휘의 방 안으로 슥 모습을 감췄다.

10장. 충고

— 그 녀석 제법이군그래

혁련휘가 있는 방 안으로 들어선 혁무조가 슬쩍 내부의 모습을 가볍게 눈으로 훑었다.

방 안을 살피는 혁무조의 눈빛이 사납게 변했다.

바깥에서 보았을 때 어느 정도 예상하긴 했지만 생각 이상으로 오래되어 허름한 내벽과, 그리 크지 않은 내부까지.

대공자라는 위치에 있는 이가 머물기에는 모자라도 한참은 모자랐다.

혁무조가 입을 열었다.

"이곳이…… 네 거처더냐."

"그렇소."

"많이 초라하구나."

혁무조의 말투에서 그의 언짢음을 느껴서일까.

혁련휘가 짧게 대꾸했다.

"나한테는 비를 막아 줄 지붕이 있는 것만으로도 모자라진 않소."

혁련휘의 퉁명스러운 말에는 뼈가 담겨져 있었다.

자하도에서의 삶, 그것에 대해 말하고 있는 것이다. 혁련휘는 그곳에서 지옥과도 같은 삶을 살았다. 씹을 수 있는 거라면 뭐라도 먹었고, 삼 일 밤낮으로 비를 맞으면서 잠도 못 잔 적도 있다.

그런 삶을 살아온 혁련휘였기에 지금의 이런 장소도 그리 나쁘진 않다 말하고 있는 것이다.

물론 나중에 필요하다면 더 커다란 거처로 옮기겠지만 당장엔 그래야 할 이유를 찾지 못하고 있는 그다.

혁련휘의 말에 혁무조가 피식 웃었다.

그가 방 안의 탁자 위에 있는 화병으로 다가갔다. 화병을 어루만지며 혁무조가 입을 열었다.

"날 원망하는구나."

"……예전엔. 허나 이젠 아니오. 원망도 감정이 남아 있는 상대에게나 하는 거니까."

자하도로 들어갈 그때의 혁련휘는 무척이나 어렸다. 아

무리 강하다 해도 어린아이는 어린아이였던 모양이다.

헤아릴 수조차 없을 정도의 많은 시간을 두려움에 떨며 밤마다 숨죽여 울곤 했다. 그리고 그럴 때마다 머릿속에 떠오르던 사람, 그게 바로 눈앞에 있는 이 사내 혁무조였다.

원망했다.

또 한편으로는 그가 자신을 구해 주지 않을까 하는 일말의 희망도 품었었다.

물론 그런 희망은 한 달도 되지 않아 사라졌지만.

허나 이젠 아니다.

그에 대한 아무런 감정도 없다. 원망도, 증오도 없다. 그리고 애정도, 믿음도 없다.

혁련휘가 혁무조를 향해 차갑게 말했다.

"난 당신에게 아무런 감정도 없소. 그리고 당신을 만나고 싶지도 않소. 내가 당신에게 바라는 건 오직 하나요. 원이를 그리 만든 그들에 대한 정보."

"그건 전에 말하지 않았더냐. 내가 원하는 대답을 찾는다면 그때 모두 가르쳐 주겠다고."

능글맞게 대답하던 혁무조가 비어 있는 의자에 앉으며 말을 이었다.

"여태껏 날 찾아오지 못한 걸 보면…… 대답은 아직이냐?"

혁무조의 말에 혁련휘는 표정을 찡그렸다.

대체 혁무조가 원하는 그 대답이란 게 무엇인지 감이 오지 않는다. 그 날의 만남이 혁련휘의 머리엔 생생했다.

십수 년 만에 혁무조를 만난 그 자리.

그때 주고받았던 그 모든 대화들이 머리에 생생하다. 분명 혁무조는 당시에 말했었다. 이미 답은 줬다고. 그렇지만 대체 언제?

주고받은 그 많지 않은 말들 속에서 대체 어디에 답이 있단 말인가.

처음엔 그저 자신을 괴롭히려고 한 말이 아닌가 하는 생각이 들었다.

그렇지만 이내 혁련휘는 그런 가정을 없앴다. 적어도 혁무조라는 사내는 실없는 말이나 내뱉는 사내가 아님을 잘 알았기 때문이다.

어차피 자신이 궁금해하는 것에 대해 대답해 주지 않을 걸 알았기에 혁련휘가 짧게 말을 돌렸다.

"이곳엔 무슨 일이오."

"아비가 자식을 보러 오는 것도 용무가 있어야 가능한 게냐?"

"적어도 우리 사이엔."

창가에 기대어 서 있는 혁련휘를 바라보던 혁무조가 픽 웃었다.

"아니라곤 못 하겠군."

"그래서 날 찾은 이유가 뭐요?"

"최근에 일을 하나 벌였더구나. 그놈들의 이름이……
아, 흑거미라고 했던가?"

기억의 저편에 있는 이름을 가까스로 생각해 냈다는 듯
이 혁무조가 눈살을 찌푸렸다가 이내 고개를 끄덕이며 말
을 내뱉었다.

갑작스레 흑거미의 이름이 거론되자 혁련휘가 말없이 혁
무조를 응시하고 있을 때였다.

혁무조가 말을 이었다.

"흑거미라는 놈들의 장부로 제법 여기저기를 흔들고 다
닌다더구나."

지금 혁무조는 흑거미의 장부를 이용해 칠대천의 돈줄이
되는 하부 세력들을 뒤흔들기 시작한 걸 이야기하는 거다.

그런 혁무조의 말에 혁련휘는 감출 이유가 없었기에 고
개를 끄덕였다.

"그렇소. 그런데 그게 당신이 찾아올 이유가 되는지는
잘 모르겠군."

"아니, 그냥 궁금해서. 그런 식으로 해서 지금 네가 노리
는 게 뭔지 말이야. 네 목표가 칠대천이냐? 아니면…… 그
뒤에 있는 그들을 노리는 게냐?"

의자에 기대며 혁무조가 궁금하다는 듯 물었다.

그리고 그런 혁무조의 질문에 혁련휘가 담담하니 대답했다.

"둘 다요."

혁련휘의 대답에 혁무조는 잠시 멍한 표정을 지어 보였다. 허나 이내 그는 배를 움켜쥐고 박장대소를 하기 시작했다.

재미있었다.

실로 자신을 빼다 박은 저 겁 없는 모습에 눈물이 날 정도로 웃음이 터져 나왔다.

혁련휘가 지닌 힘은 아직 그들에 비해 미약하기 그지없다.

그럼에도 불구하고 절대 물러서지 않는 그 모습은 어찌 보면 무모해 보이기까지 한다.

허나 그 무모해 보이는 것까지도 가능해 보이게 만드는 능력, 그것이 바로 혁련휘가 지닌 힘이었다.

"하하하! 그래? 둘 모두라. 허기야 굳이 하나씩 상대하는 것도 번거로운 일이지."

웃고 있는 혁무조가 더 아무런 말도 하지 않자 기다리다 못한 혁련휘가 먼저 이야기를 꺼냈다.

"설마 정말로 이게 궁금해서 날 찾아온 거요?"

"그렇다고 했잖느냐. 그게 궁금하기도 했고…… 충고 좀 해 줄까 해서."

웃느라 눈가에 맺힌 눈물을 닦아 내며 혁무조가 흘러가 듯 말했다.

"여우를 조심하거라."

"……여우?"

"호랑이들끼리 싸울 때 숨어서 기회를 엿보는 그런 얄팍한 놈들. 네가 조심해야 할 건 바로 그런 놈들이다."

"누구를 말하는 거요?"

"꼭 누구를 말하는 건 아니다. 네가 상대해야 그 모두를 말하는 거지."

이해하기 힘든 모호한 말을 내뱉었던 혁무조.

그리고 그런 그를 의아한 표정으로 혁련휘가 바라보고 있을 때였다.

혁무조가 자리에서 일어났다.

그러고는 마치 방을 나갈 것처럼 혁련휘의 옆으로 다가왔다.

혁련휘의 옆에 이르자 혁무조가 발걸음을 멈췄다. 그는 갑자기 손을 뻗어 그의 어깨를 움켜쥐었다. 그리 강하게 움켜쥔 것은 아니었지만 그래도 어깨를 통해 밀려드는 느낌에 혁련휘가 표정을 찡그렸다.

"갑자기 무슨……."

말을 내뱉는 혁련휘의 귓가로 고개를 들이민 혁무조가

자그마한 소리로 속삭이듯 말했다.

"그자와는 싸우지 말거라."

"그자?"

"누가와도 피하지 않는 용기는 좋다. 물러서지 않는 그 모습이 아주 맘에 들어. 허나 네가 찾는 그들의 수장과 마주하게 된다면…… 피해야 한다. 아비의 충고 명심하거라."

방금 전까지 웃던 혁무조의 얼굴이 그 말을 내뱉는 순간 진지하게 돌변해 있었다. 할 말을 끝낸 혁무조가 혁련휘의 어깨를 쥔 손을 천천히 풀며 걸음을 옮길 때였다.

그의 말투에서 뭔가 이상한 점을 느낀 혁련휘가 그런 혁무조를 향해 몸을 돌리며 황급히 입을 열었다.

"당신, 그들의 수장을 아는군."

"……맞아."

혁련휘의 말에 그대로 등을 돌린 채로 혁무조가 잠시 발걸음을 멈추곤 대답했다.

그리고 그런 그의 대답에 혁련휘의 얼굴에 일순 놀란 감정이 스쳐 지나갔다.

그저 자하도에서 나온 자들이 개입되었다는 것 정도만 아는 자신에 비해 혁무조는 뭔가 더 많은 걸 알고 있는 게 분명했다.

그리고 이어지는 혁무조의 말은 혁련휘를 더욱 놀라게 만들었다.

"난 그자를 알지. 그렇기에 네게 말할 수 있는 거다. 피하거라, 네 지금의 실력은 아직 그자에게 미치지 못해."

"……그 말을 증명할 만한 건 있소?"

혁련휘가 지고 싶지 않다는 듯 받아쳤다.

누군가에 비해 모자라다는 사실을 쉬이 인정할 수 없었다.

다른 이도 아닌 혁련휘였으니까. 그런 그였기에 누군가보다 모자라다는 건 쉽사리 받아들일 수 없는 말이었다.

그런 혁련휘의 질문에 혁무조가 짧게 대답했다.

"그 대답이 나라면?"

"……?"

"그자와 싸워 본 내 말이라면 증명이 되겠느냐."

혁무조의 대답에 혁련휘의 눈동자가 크게 떠졌다.

싸웠다니? 그자와 직접 손을 겨루어 봤다는 소리가 아니던가.

생각지도 못한 말에 혁련휘가 높아진 목소리로 다시금 발걸음을 옮겨 방을 나가려는 혁무조의 발길을 잡았다.

"누가!"

버럭 외치는 혁련휘의 목소리에 혁무조가 다시금 발걸음을 멈췄다. 그런 그의 등을 바라보며 혁련휘가 물었다.

"누가…… 이겼소?"

잠시 멈칫했던 혁무조는 그런 혁련휘의 질문에 잠시 침묵하다 이내 입을 열었다.

"내가 살아 있다는 걸로, 이 마교가 아직까지도 버티고 있다는 걸로 그 답이 되지 않겠느냐."

그 한마디에 혁련휘는 더는 아무런 것도 물을 수가 없었다.

지금 내뱉은 말에 담긴 수많은 의미가 절절히 와 닿았기에.

이긴 거다.

자하도에서 나온 정체불명의 상대를 혁무조는 이겼다는 것이다.

혁무조는 말했다.

자신이 졌다면 이 마교가 지금까지 이렇게 남아 있었겠느냐고.

실로 오만하다 못해 광오한 말.

그렇지만 인정할 수밖에 없었다.

그는…… 그런 자격이 있는 사내였으니까.

혁무조가 무너졌다면 마교의 숨이 끊어졌을 것이다.

그가 곧 마교였으니까.

지금까지 이토록 마교가 무사할 수 있는 이유는 바로 혁무조가 무너지지 않았기 때문이다.

아무런 말도 없이 서 있는 혁련휘를 향해 혁무조가 등을 돌린 채로 말했다.

"대답, 기다리고 있으마."

그 말을 끝으로 혁무조는 곧바로 혁련휘의 방을 걸어 나갔다. 그리고 혼자 남은 혁련휘는 고개를 숙인 채로 자신의 손을 내려다봤다.

'내가 이기지 못한다?'

혁련휘가 입술을 꽉 깨물었다.

……지고 싶지 않다.

혁무조가 혁련휘가 있는 방을 빠져나오자 그 앞에는 나머지 일행들이 자리하고 있었다.

비설과 환야, 그리고 혹시 모를 상황에 대비해 달려 나온 달치를 비롯해 경외 가득한 표정으로 혁무조를 우러러보고 있는 부의민까지.

혁무조는 짧은 사이에 그런 그들의 면면을 살폈다.

일명 대공자의 친위대라 불리는 이들이다.

마교 바깥에서부터 지금까지 혁련휘와 함께하며 그를 위해 싸우는 자들.

하나같이 개성 강한 그들을 바라보던 혁무조가 이내 한

쪽에 서 있는 비설에게 잠시 시선을 고정시켰다.

그러곤 이내 혁무조가 입을 열었다.

"자네."

"……저요?"

비설은 다른 이들의 시선이 자신에게 쏠리자 마찬가지로 주변을 두리번거리다 이내 스스로를 가리키며 되물었다.

그러자 혁무조가 고개를 끄덕였다.

"그래, 자네."

자신을 부르는 거라는 걸 확인한 비설이 어색하니 웃고 있을 때였다.

"내가 몸이 별로 안 좋아서 그러는데 내 거처 근처에 갈 때까지 잠시 동행해 주겠는가?"

"아…….."

비설은 잠시 머뭇거렸다.

정파의 비밀 병기로 키워진 자신이 다른 이도 아닌 마교 교주 혁무조를 호위해야 하는 상황이라니.

뭔가 조금 이상하긴 했지만 이내 그녀는 고개를 끄덕였다.

대답을 들은 혁무조가 계단 아래로 걸어 내려오고는 죽립을 다시금 고쳐 쓰며 얼굴을 가렸다.

"가지."

말을 마치고 성큼 나아가는 혁무조를 보며 비설이 뒤편

에 있는 다른 이들에게 슬그머니 눈빛으로 다녀오겠다는
의사를 짧게 내비쳤다.

그렇게 황급히 혁무조의 뒤를 따라 비설이 장원을 벗어
났다.

혁무조의 옆에 선 채로 나란히 걸어가던 비설이 슬쩍슬
쩍 곁눈질로 그의 얼굴을 훔쳐봤다. 그런 시선을 눈치챈 혁
무조가 전방을 보며 입을 열었다.

"뭘 그리 흘깃거리느냐."

"아, 죄송합니다. 형님하고 정말 많이 닮으신 것 같아서
저도 모르게 자꾸 곁눈질하게 되네요."

"형님이라면 설마…… 그 녀석을 말하는 게냐?"

형님이라는 말에 혁무조는 적잖이 놀란 얼굴이었다.

혁무조의 물음에 비설이 고개를 끄덕였다.

"예, 교주님 아드님이요."

비설의 대답에 혁무조가 고개를 가볍게 저으며 이상하다
는 듯 중얼거렸다.

"그 녀석이 그렇게 부르는 걸 그냥 내버려 둘 성격이 아
닌데."

"처음엔 엄청 싫어하셨죠. 그래도 죽어라 들러붙으면서
매달리니까 이젠 그러려니 하고 봐주시는 것 같아요."

"흐음."

비설의 말에 혁무조가 짧은 신음 소리를 흘렸다.

죽어라 매달린다고 넘어가 줄 성격이 아님을 너무나 잘 알기 때문이다.

그렇다면…….

비설을 바라보는 혁무조의 시선이 뭔가 조금 더 의미심장하게 변했다.

혁무조가 슬그머니 말을 꺼냈다.

"그래? 내가 하나 궁금한 게 있는데……."

"잠시만요."

"응?"

"제가 먼저 한마디 해도 될까요?"

갑작스럽게 먼저 이야기해도 되냐 묻는 비설의 행동에 혁무조가 피식 웃었다. 살아오면서 자신의 말을 자르며 먼저 이야기해도 되냐 말하는 상대는 처음이었다.

그렇지만 혁무조는 불쾌하지 않았다.

오히려 재미있다는 듯 고개를 끄덕였다.

비설이 혁무조를 향해 딱 부러지게 말했다.

"형님에 대한 뭔가 물어보실 생각이시라면 그만두시죠. 전 아무 대답도 안 할 거거든요."

"어째서?"

"그건 형님에 대한 예의가 아니니까요. 묻고 싶은 게 있으시면 저한테 말고 정정당당하게 형님에게 말씀하시는 게 맞다고 생각합니다."

"하, 하하하! 정말 재미있는 녀석이로구나. 그런데 아쉽게도 내가 물으려고 한 건 내 아들에 대한 이야기가 아니구나."

"그럼요?"

"녀석이 알고 있느냐?"

"뭘요?"

동그랗게 눈을 뜨며 아무렇지 않게 되묻는 비설을 향해 혁무조가 빙긋 웃으며 말을 받았다.

"네가 여인이라는 걸 말이다."

그 한마디에 비설의 얼굴이 딱딱하게 굳었다.

아니라고 말했어야 한다.

여인이라는 정체를 계속 감춘 채로 마교에 있었던 그녀였으니까.

그렇지만 상대는 혁무조다.

아니라는 말로 넘어갈 상대가 아니라는 말이다.

비설이 떨리는 목소리로 입을 열었다.

"……어떻게 아신 거죠?"

"내가 누군지 잊은 게냐?"

마교 교주 혁무조.

세상에서 가장 커다란 세력인 마교의 수장이자, 천하에

서 가장 강한 무인. 그런 자신의 눈썰미를 어찌 벗어나겠느냐는 의미다.

자신만만한 혁무조를 앞에 둔 비설의 마음은 복잡했다.

그렇지만 여인이라는 것만 들켰을 뿐이지 그녀의 모든 게 혁무조에게 드러난 건 아니었다.

그랬기에 비설은 최대한 마음을 추스르고는 그의 질문에 답했다.

"형님은 알고 계세요."

"알면서도 옆에 뒀다?"

혁무조가 가볍게 웃음을 흘렸다.

재밌었다.

그런 목석 같은 녀석이 옆에 여인을 둘 거라고는 생각지도 못했으니까.

하물며 그 여인은 남장까지 하고 그를 형님이라 부르고 있었다.

아마도 이 여인이 단단히도 마음에 든 것이 분명했다.

그렇지 않고서야 굳이 여인을 옆에 둘 사내가 아니었으니 말이다.

혁무조가 픽 웃으며 긴장한 듯이 서 있는 비설을 놔둔 채로 앞장서서 걸어가기 시작했다. 그가 죽립을 치켜들고는 하늘을 올려다봤다. 그러고는 이내 입가에 미소를 머금은 채로 중얼거렸다.

"그 녀석 숙맥인 줄만 알았는데…… 이제 보니 제법이군
그래."

*　　　*　　　*

"하아, 지루하네."

며칠째 아무런 것도 하지 않고 시간을 축내고 있던 우치
가 지겹다는 듯이 중얼거렸다. 거처에는 우치 말고 유영인
도 자리하고 있었다.

우치는 자신의 엉덩이보다 자그마한 의자에 몸을 실은
채로 혼잣말을 이어 갔다.

"젠장 이럴 줄 알았으면 그놈을 조금 더 살려 두는 건데."

비설과 비밀리에 만났던 그자를 쫓던 일을 떠올리며 우
치가 아쉽다는 듯 중얼거렸다. 자신이 해야 할 일이 있기에
마교로 돌아올 수밖에 없었고, 그 전에 그 정체불명의 사내
를 죽인 그다.

그 과정에서 비설에 대한 뭔가를 알아내기 위해 말로 표
현하기 힘들 정도로 잔혹한 고문을 일삼았지만 우치는 아
무런 단서도 얻지 못했다.

그런 과정에서 얻은 유일한 정보.

그토록 고통스러운 고문에 한마디도 내뱉지 않을 정도로 훈련받은 이들과 관련이 있다는 것. 겨우 그것뿐이다.

아쉽다는 듯 말하는 우치의 말을 들은 유영인이 고개를 돌리며 물었다.

"그놈이라니?"

"있어 그런 게."

우치는 설명하기 귀찮다는 듯이 슬쩍 말꼬리를 흐렸다.

사실 임무를 내팽개쳐 두고 그런 자의 뒤를 쫓았다는 게 밝혀지면 한 소리를 들을 게 분명했기 때문이다.

우치가 괜스레 화제를 돌렸다.

"대체 대장은 왜 안 움직이는 거야?"

"전에 들었잖아. 어차피 그냥 둬도 대공자와 칠대천끼리 싸움이 붙어서 알아서 점점 약해질 텐데 굳이 우리가 나설 필요가……."

"그건 나도 들어서 알거든? 내가 말하는 건 대장의 움직임이 너무 소극적이라는 거야. 지금 우리가 하는 게 뭐야? 전면에 나서기는커녕 그림자처럼 살고 있다고. 대체 이렇게까지 조심스럽게 움직이는 이유를 모르겠네."

우치의 투덜거림에 유영인은 아무런 대꾸도 하지 못했다.

사실 그녀 또한 마찬가지로 생각했으니까.

두 세력이 싸우며 약해지는 걸 노리는 건 분명 좋은 계책이다. 그렇지만 그걸 떠나 자신들의 우두머리는 너무 몸을 사리고 있다.

오랜 세월이 흐르며 자신들이 만들어 낸 세력만으로도 분명 지금의 분열된 마교를 뒤흔들 수 있음에도 불구하고 오로지 때를 기다리고만 있다.

대체 왜일까?

우치가 그런 유영인을 향해 말을 꺼냈다.

"아무래도 대장한테 한번 말은 해 봐야겠어. 때를 기다리는 것도 좋지만 그러다가 내가 먼저 늙어 죽겠다고. 우리가 한쪽에 힘을 실어 주면 굳이 이렇게 번거롭게 기다릴 필요가……."

"쓸데없이 힘 빼지마. 네가 뭐라고 해도 대장은 지금 안 움직여."

그때 들려온 목소리에 우치와 유영인이 시선을 돌렸다.

높은 고음의 목소리, 그리고 그 목소리와 함께 한 여인의 몸이 연기처럼 모습을 드러냈다.

이 비밀의 장소에 나타난 인물.

그럼에도 둘은 별다른 반응을 보이지 않았다.

지금 나타난 여인이 바로 이곳 거점에 있는 네 개의 의자 중 하나의 주인이었던 탓이다.

독마수(毒魔手) 소일홍(蕭一紅).

하얀 무복을 입고 있는 유영인과는 다르게 그녀는 보다 화려한 복식을 하고 있었다. 서른 중반의 나이었지만 고강한 무공을 지닌 탓인지 겉보기엔 훨씬 젊어 보였다.

아름답긴 하지만 어딘지 모르게 핏기 없는 얼굴.

소일홍을 보며 유영인이 짧게 말을 건넸다.

"생각보다 늦었네."

"일이 좀 길어져서 말이야. 그나저나 연락을 받았는데 내가 없는 동안 제법 재미있는 일이 많았나 봐? 마교 대공자라는 작자가 돌아왔다면서. 그리고 그놈과 놈의 수하들이 자하도에서 나왔다던데 사실이야?"

"사실이야."

"호오, 자하도라. 이제야 제대로 된 놈들을 좀 보려나. 소교주라는 놈은 너무 시시했는데 말이야."

혁리원을 언급하며 소일홍이 비웃음을 흘렸다.

그런 소일홍에게 우치가 다가오며 물었다.

"야, 근데 그게 무슨 소리야? 내가 뭐라고 해도 대장은 안 움직인다니?"

"그 말 그대로야. 대장은 결코 안 움직일 테니 괜한 말로 심기 어지럽히지 말라고."

"어째서?"

"글쎄. 과연 왜일까?"

"너 지금 나랑 장난치는……."

"복귀했으니 대장께 인사부터 드려야겠네."

소일홍이 우치를 밀치며 걸음을 옮겼다. 그런 그녀의 행동에 우치가 이를 갈며 소리쳤다.

"망할 년이 누굴 밀치는 거야?"

"어머, 말조심해. 그렇지 않으면 이 다음에는……."

말을 하며 들어 올린 소일홍의 손에서 녹색의 기운이 천천히 흘러넘쳤다. 그리고 동시에 그녀의 주변에 있던 바위들이 녹아내리기 시작했다.

지독할 정도의 독기가 주변을 잠식해 들어갔다.

그런 독기를 풀풀 풍기던 소일홍이 창백한 얼굴로 웃으며 말을 이었다.

"네 신체 중 하나를 썩어 문드러지게 할 수도 있거든."

말을 마친 그녀는 계속해서 소리치는 우치를 뒤로한 채 거처 안으로 들어갔다.

우치와 유영인을 만난 곳에서부터 제법 먼 거리에 위치한 장원까지 걸어간 소일홍이 이내 커다란 문 앞에 서게 됐다.

그녀가 고개를 조아리며 입을 열었다.

"돌아왔습니다, 대장."

소일홍이 입을 열고 이내 그 커다란 문 건너에서 목소리가 새어 나왔다.

"많이 늦었구나."

"생각보다 일이 길어져서요."

말을 마친 그녀가 문을 바라보며 슬며시 웃음을 흘렸다. 소일홍이 이내 입을 열었다.

"안으로 들어가도 될까요? 드릴 선물도 하나 있거든요."

"……들거라."

들려오는 목소리에 소일홍은 천천히 문으로 다가갔다. 그녀가 닫혀 있는 문을 손으로 밀었다.

끼이익.

소리와 함께 어둠에 감싸여 있던 방에 조금씩 빛이 밀려들기 시작했다. 그리고 그런 어둠의 끝자락에 걸린 곳에 누군가의 발이 모습을 드러냈다.

그리고 그 발을 보는 순간 소일홍은 입가에 미소를 머금었다.

자신들의 대장이자, 그녀가 사랑하는 사람.

소일홍은 어둠에 감싸인 상대에게 다가가 품에 안기며 뭔가 자그마한 병 하나를 꺼냈다. 그녀가 나지막한 목소리로 말했다.

"당신을 위한 선물이랍니다."

"이게 무엇이냐?"

"대장의 소원을 이루어 줄 물건이지요."

"내 소원……?"

소일홍이 그자의 귓가에 입을 가져다 대고 속삭였다.

"혁무조, 그자의 숨을 슬슬 끊어 줄 물건이랍니다."

소일홍의 말에 어둠에 감싸인 그자의 입가가 미묘하게 경련했다.

우치의 말대로 지금 이 비밀 세력의 힘은 생각보다 무척이나 거대했다. 그럼에도 불구하고 그들이 움직이지 못하는 이유.

그건 바로 혁무조 때문이었다.

그가 살아 있다. 그것이 가지는 의미는 생각보다 무척이나 컸다.

혁무조를 떠올린 어둠 속의 그자는 소일홍에게 병을 건네받고는 자그맣게 이를 갈았다.

'혁무조…….'

어둠 속 그에겐 최측근들조차 모르는 한 가지 비밀이 있었다.

오로지 세상에서 자신과 혁무조. 그리고 지금 자신에게 안긴 여인 소일홍만이 아는 비밀.

그건 바로 혁무조와 자신이 싸워 본 적이 있다는 사실이다.

그리고 그때 자신이 패했다는 것도.

인생에서의 첫 패배는 무척이나 쓰라렸다. 더불어 무척이나 불쾌한 추억까지 안겨 줬다.

당시의 패배로 인해 그는 혁무조라는 사내의 존재감을 절절히 느낄 수밖에 없었다.

그랬기에 그는 큰 힘을 가지게 되고도 모습을 감추고만 있었다. 혁무조라는 사내 하나가 가지고 있는 절대적인 힘 때문이다.

혁무조, 그가 있는 이상 제아무리 시끄럽다 한들 아직까진 마교가 건재하다고 봐야 옳다.

소일홍의 손이 사내의 얼굴을 어루만졌다.

그녀가 기대어 오며 다시금 속삭였다.

"제가 당신을 양지로 올려 드릴게요."

혁무조, 그만 없다면 마교를 무너트리는 건 일도 아니었으니까.

*　　　*　　　*

비설은 생각에 잠겨 있었다.

얼마 전 있었던 송백산장의 일 때문이다. 당시 그녀가 올 걸 알고 대비했던 상대들. 그 말은 곧 자신이 간다는 사실이 사전에 그들의 귀에 들어갔다는 걸 의미했다.

그 일을 겪은 이후 비설은 많은 고민을 해 봤다.

애써 다른 쪽으로 이유를 찾으려 애썼지만…… 결과는 하나였다.

내부에 간자가 있는 게 분명했다.

그리고 그 간자는 최소한 북천회 내부에서도 적지 않은 영향력을 지닌 인물일 것이다. 그렇지 않고서야 자신의 비밀 임무를 알지 못했을 테니까.

꽤나 중대한 사안, 결코 이 일은 자신만이 알고 있을 문제가 아니었다.

뭔가 진지한 얼굴로 의자에 걸터앉아 있는 비설을 막 방에 들어온 혁련휘가 힐끔 바라봤다. 그러고는 자연스레 그녀에게 말을 걸어왔다.

"왜? 또 사고 치려고?"

"에이, 사고는요. 제가 앤가요."

혁련휘의 말에 진지한 얼굴을 풀며 비설은 장난스럽게 웃었다.

그런 그녀를 향해 혁련휘가 가볍게 대꾸했다.

"사고 치는 게 전문 아니던가? 처음 만났을 때부터 지금까지 친 사고가 몇 개더라."

"하하, 그건 어쩌다 보니……."

비설이 뒷머리를 긁적였다.

그리고 그런 비설의 맞은편으로 다가온 혁련휘가 의자를 잡아당겨 앉으며 물었다.

　"무슨 일 있어?"

　"네?"

　"뭔가 고민하고 있었잖아."

　혁련휘의 말에 비설은 깜짝 놀랐다. 입 밖으로 아무런 이야기도 꺼낸 적이 없거늘 단번에 자신의 속내를 알아차린 탓이다. 그녀가 어색하니 스스로의 얼굴을 만지며 물었다.

　"제가 뭔가 생각하면 티 나요, 형님?"

　"응, 많이. 그리고 그럴 때마다 사고를 치곤 하더군. 그러니까 그냥 사고 치지 말고, 무슨 일인데?"

　물어 오는 혁련휘를 보며 비설은 일순 말문이 막혔다. 사실 지금 하는 고민이 북천회 내부의 일이기 때문이다.

　그렇지만 굳이 감춰야 할 문제는 아니었고, 다른 이도 아닌 혁련휘다 보니 비설 스스로도 놀랄 정도로 너무 자연스레 말을 꺼냈다.

　"제가 속한 곳에 아무래도 배신자가 있는 것 같아서요."

　"배신자가?"

　"네. 일전에 송백산장에서 제가 올 줄 알고 미리 덫을 설치해 놨더라고요. 아무리 봐도 다른 곳에 새어 나갈 일이 아니었거든요. 그럼 역시…… 내부에 간자가 있다는 말이겠죠?"

말을 하는 비설의 표정은 그리 좋지 않았다.

다른 곳도 아닌 북천회다.

정파를 일으켜 세우기 위해 만들어진 최후의 보루. 그런 곳에 배신자가 있다는 사실이 비설을 못내 씁쓸하게 만들었다.

비설의 질문에 혁련휘는 잠시 생각하다 이내 고개를 끄덕였다.

"아무래도 그럴 공산이 제일 크겠지."

"역시 그렇겠죠, 형님?"

"응."

"에휴. 머리가 아프네요."

예상했던 대답을 들었지만 그렇다고 해서 복잡했던 머리가 정리되진 않았다. 오히려 머리고 마음이고 더욱 답답해지는 느낌.

그런 그녀를 향해 혁련휘가 말했다.

"네가 걱정할 문제는 아니지 않나?"

"네?"

"어차피 넌 이곳에 나와 있잖아. 그건 네가 해야 할 고민이 아니라, 그쪽에 있는 고위층들이 해결해야 할 문제 같은데."

혁련휘의 무덤덤한 말.

그렇지만 비설은 이상하게 그 말에 머리가 맑아지는 느낌이었다.

"그러게요? 생각해 보니 제가 할 고민은 아니네요? 에이, 쓸데없이 혼자 머리만 굴렸네. 형님 말대로 날이 밝는 대로 위로 연락을 해 두고 전 이 고민에서 손 털어야겠어요."

"그럼 이제 된 거야?"

"네, 완전 고민 해결이요."

말을 마친 비설이 홀가분한 표정으로 자리에서 벌떡 일어났다. 그러고는 그대로 침상으로 다가가서는 그대로 쓰러지듯 엎어졌다.

그녀가 침상에 얼굴을 반쯤 묻은 채로 실없이 웃어 보였다. 그리고 그런 비설을 혁련휘는 의자에 앉은 채로 가만히 응시했다.

혁련휘의 시선을 느낀 비설이 고개를 돌려 그를 바라보며 물었다.

"왜요, 형님?"

"아니, 그냥…… 너다워서."

"뭐가요?"

"그런 게 있어."

말을 마친 혁련휘는 잠시 시선을 돌렸다가 침상에 엎어져 있는 비설을 다시금 바라봤다.

그녀는 여전히 실없이 웃고만 있었다.

그리고 그런 비설을 바라보는 혁련휘의 마음이 이상할 정도로 편안해졌다.

한없이 긍정적이고 밝은 여인. 그랬기에 비설은 주변에 자신도 모르는 사이에 힘을 가져다주는 그런 사람이다.

바로 지금처럼.

자신이 보고 있는 게 들키는 게 싫었는지, 혁련휘는 손바닥으로 얼굴을 가리듯 기댔다. 그리고 슬쩍 손가락 사이로 벌어진 틈으로 웃고 있는 비설을 계속해서 바라보고 있었다.

혁련휘는 비설에게서 시선을 쉬이 뗄 수가 없었다.

그녀는…… 웃는 게 예쁘니까.

〈다음 권에 계속〉